生きづらい
君に叫ぶ1分半

小谷杏子　Kyoko Kotani

アルファポリス文庫

第一章　路傍から見た世界は、眩(まばゆ)いばかりで

1

自分をキャンバスに例えたとして、何色に染めるのがふさわしいのだろうか。

いくら考えても筆は動かず、キャンバスは白いまま終わる。だから他人が描く世界を遠くから眺めるほうが有意義であると思う。

座右の銘とは言わずとも、そんなふうに考えている中崎晴(なかさきはる)は、スマートフォンの画面を見ながら廊下に佇(たたず)んでいた。胸まで伸ばしたサラサラの髪を耳に引っかける。液晶ガラスにタレ目で冴えない顔が映り込むが、気にせず動画を眺めていた。

昼休みはもう終わりがけで、五時間目の授業が始まろうとしている。

晴が在籍する二年三組の次の授業は美術のため、教室を移動しなくてはいけない。

今日は作品鑑賞なので、筆記用具だけを持っている。特別教室棟である北校舎の美術室に行く途中、友達の竹村陽色(たけむらひいろ)がトイレに走ったので待っていた。

お気に入りの動画クリエイターが並ぶ自分のリストには、メイク紹介、勉強するだ

けのもの、楽器を弾いたり歌ったり、絵を描いたり料理をしたりとどれも個性的で飽きることはない。みんな自分の得意を生かした表現をしていて楽しそうだ。

「晴ー、ごめんね。お待たせ」

活発そうな顔立ちとショートボブが特徴の陽色が、ハンカチで手を拭きながら戻ってくる。

「また『earth（アース）』？　好きだねぇ」

すぐに陽色が冷やかすので、晴はスマートフォンをスカートのポケットに入れ、おどけたように笑った。

「だって、見ていて飽きないんだもん」

「まぁねぇ。謎のクリエイターってところがミステリアスだし、イラストも音楽もいいよね」

陽色はうっとりとした表情で続ける。

「あとは詞（ことば）だよね。たまにドキッとすること書いてあるけど、なんていうか、深いよね」

陽色が感心するように言い、晴は「うんうん」と激しくうなずいた。

美しいイラストに合わせて流れる電子的なメロディと、詞のようなテロップを融合した動画クリエイター『earth』。

『earth』は動画内のテロップを「詞」と表現しており、独特なこだわりがある。キャプションには動画内の詞が淡々と綴られていて、特に説明はない。また、細部まで丁寧に描かれた緻密なイラストは見る者を圧倒するほどの力を持つ。

「でも最近、新作アップされてないよね」

陽色は残念そうに肩を落とした。それに合わせて晴も苦笑いする。

「そうだよねー。早く次の動画、アップされないかなぁ」

二週間前に上がっていた動画を最後に、新作が公開されていない。

最後に投稿された動画のサムネイルには、青から紫へ変わるグラデーションに三日月が浮かんでおり、それを見上げる男の子の横顔があった。ノスタルジー溢れる線は、感情の揺れを表現するかのように味がある。

動画のタイトルは――【憧憬】。

この【憧憬】について話がしたい晴は思い切って口を開きかけるが、陽色が先に言葉を紡いだ。

「『earth』って気まぐれだよねぇ。予告もあったりなかったり。あんまり間隔を空けられると飽きちゃうんだけど」

陽色は同じ動画を何度も見るタイプではない。その呆れたような言葉に、晴は笑いながら相づちを打つ。

陽色は高校に入って初めてできた友達で、本当は『earth』についてもっと深く話したかった。音楽の強弱、テンポに合わせた詞の演出、イラストの精度など、他にもあげたらキリがない。しかし、あんまり掘り下げて話しても、盛り上がらないのが常だ。そうなるとどうしても控えめに話をするしかない。

「やばっ。授業始まっちゃう」

陽色がハッとすると同時に予鈴が鳴る。ふたりで美術室へ駆け込むと、すでにほとんどの生徒が集まっており、晴と陽色は空いた席に素早く腰かけた。

晴が座る後ろには黒板がある。そこには県の絵画コンクールで入賞を果たした、クラスメイトの風景画が張り出されていた。

一年の冬、表彰式で賞を受け取った男子生徒を晴はそのとき初めて知った。

星川凪。ふわっとした濃い黒髪のくせ毛で、襟足が若干長い。前髪で顔の上半分を覆い、おまけにメガネなので余計に表情が見えづらい。無口がたたって全体的に印象が薄いのだが、噂ではイケメンらしく、一部の女子からは人気があるらしい。

そんな彼が描いたという風景画は流れる川だった。

飛沫の中、繊細な線で羽が一枚一枚描写された美しいカワセミが飛んでいる。シンプルながら立体感のある上手な絵だ。

最近、これを無意識に見るのがルーティンになっていた晴は、教師が来るまでの間ぼんやりと凪の絵画を見る。

――何度見ても好きだなぁ、この絵。

溢れる水を絵の具で表現する技術は素晴らしく、いつまでも見ていられる。

それなのに、教室では目立たず、じっと寝ているばかりの凪とは一度も話したことがない。二年に上がって偶然にも同じクラスになり、たびたび彼を目で追いかけていたのだが、話しかけるタイミングを逃し続けている。

そうしていると、準備室のドアが開いて先生がやってきた。

「はい、授業はじめまーす」

半袖ポロシャツ姿の中年男性、吉野先生の気だるげな声とともに日直が「起立、礼」と号令する。そして吉野先生はおもむろにプロジェクターを用意し、電気を消した。

「今日は、先生のミスで視聴覚室が予約できなかったので、ここで鑑賞会しまーす」

先生の言葉に、たちまち教室内がクスクスと冷やかしの色を浮かべる。

「あぁ、だから視聴覚室じゃなくて美術室なんだ」

「昼休み前に慌てて連絡しにきたから、何事かと思いましたよー」

「先生、ミスったの、これで何回目？」

すると、吉野先生は不健康そうな目元を悲しそうに細めた。

「うるさいなー。今、茶化したやつ、テストで点数やらねーぞ」

「先生、それパワハラ」

すかさず男子のツッコミが入り、たちまち笑いで包まれる。晴も一緒になって笑う。

「パワハラじゃねーし。ほら、窓際の子たちは暗幕を引いてくれ」

吉野先生の指示で窓際の生徒たちが動き、美術室は真っ暗になった。

スクリーンに映し出されたのは、近世で活躍した画家の生い立ちや遺（のこ）した作品をまとめたドキュメンタリー。この映像を見て、レポートを仕上げなくてはならない。

晴は真剣に映像を見ていたが、他の生徒は興味がないようで、男子は堂々と居眠りをし始める。女子は机の下でスマートフォンをこっそり見ていた。

陽色も同じく興味がないようで、あとでレポートを手伝ってと言われるに違いないと晴は思った。

ちらりと凪を見る。彼も堂々と机に突っ伏して眠っていた。


陽色は塾があるというので一緒に帰ることは少ない。お互い反対方向の町に住んでいるので、一緒に帰ったとしても晴が利用するバス停まで歩いて話す程度。今日は陽色がいないままバス停に静かに並んだ。

何気なく視線を這（は）わせると、列の後方であくびをする凪の姿を目の端で捉える。

――あ、今日もかぶった。

他にも数人、よそのクラスの生徒が何人かいるが、みんな一様にスマートフォンを見ており、晴もスマートフォンを出してSNSアプリを開いた。

『日青（ひお）』というのが晴のアカウントネームだ。由来は『晴』を分解しただけのシンプルなもの。このアカウントは陽色にすら教えていない。

フォロワーはごくわずかであり、繋がっているアカウントは見る専門のような幽霊みたいな謎の人たちだ。誰かわからないのがかえって気楽で、その人たちに見向きされないのもいつものことだった。

バスが近づき、スマートフォンを閉じて乗り込むと、後ろから男子生徒も乗り込んできた。凪が最前列の席に座る。一方、晴は後方のふたりがけの席に隠れた。

バスに乗れば決まって凪はワイヤレスイヤホンをして、タブレットを開いて何かをしている。この習慣を、晴は彼と同じバスに乗るときに何度も見ていたが、何をやっているかまではいつもわからずじまいに終わっていた。

――今日も話しかけられなかったな……

そう思いながらも、どこか安堵している自分がいる。

彼と同じ温度で話せる自信がない。それはSNS上でも現実世界でも同じであり、こうして眺めているだけでちょうどいい。他人が描く世界を遠くから眺めるほうが有意義なのだ。

もし彼に話しかけるなら、と晴は脳内でシミュレーションする。

——いつもバスに乗ったら何をやってるの？　動画見てるの？　どんな動画が好き？　あの絵、すごく素敵だったよ。

喉元まで出かかった言葉を呑み込み、カバンに顔をうずめた。

——あー、わたしってば、ほんと気持ち悪い。

ため息をカバンに落とし、窓の外を見遣る。

流れていく景色は平凡で退屈だ。薬局、クリニック、テナントビル、おしゃれなショールーム、閉まった定食屋、動きのない不動産屋といった統一感のない表通りを過ぎ、コンビニ、団地、川とどんどん住宅地へ入っていく。坂をのぼり、緑豊かな保育園が見えてきたら、凪が慌ただしくタブレットをカバンにしまった。

『次は、遠戸南（とおどみなみ）、遠戸南です。バスが停まってから、席をお立ちください』

アナウンスが流れ、ほどなくして停まる。

凪はカバンを抱えて猫背気味のままバスを降り、閑静な住宅街の中へ消えていった。

2

勉強をするのは夕飯後と決めているので、晴は自室のベッドに寝転がって漫画を読み、飽きたらスマートフォンを見るのを繰り返していた。おやつのクッキーをぱくぱく食べながら暇を持て余す。

「『earth』の動画、まだかな……」

焦れている。他の動画投稿者たちは決まった時間に生配信したり、毎日更新したりしているのだが、今日も『earth』に動きはない。

編集に時間がかかるのはよくわかる。でも気持ちが逸って、次をほしがってしまう。

何気なくスマートフォンを閉じるも、もう一回画面を開いた。

そのとき、通知音が鳴る。「しゅぽん！」と間の抜けた音とともに【earthさんが動画を投稿しました】と表示され、すぐに親指を滑らせた。

「えっへへ。待ってましたぁ！　新作だぁ！」

たまらず声に出し、ベッドの脇に置いていたワイヤレスイヤホンを装着する。こうして耳を完全に塞ぐと、動画の世界へ潜り込むことができるのだ。

だらしなく寝転がっていた体を起こして、さっそく再生。すると真っ黒な画面に、白いとろみのある明朝体で大きなタイトルが現れた。

【哀の衝動】

白い文字が踊る。くるくると回転し、消える。黒い水面から浮き上がり、落ちる。

不思議な旋律の音楽は電子で調整されているはずなのに不均衡で、重低音が心臓へダイレクトに響く。

徐々に画面が無へと移り変わる。視覚から聴覚へ『earth』の唸り声がねじ込まれていくような感覚。ずしんと重くて――哀しい。

突然、空を見上げる少年の姿が映し出された。涙を流す少年だ。

黒の主線はとにかく繊細なタッチで、涙も黒だ。その涙がコマ送りに落ちていく。

『僕の命が消えたら、初めて尊い存在になるのだろうか？』

その詞が滲んでいく。少年の涙が文字を浮かび上がらせ、やがて消える。闇の中、ステンドグラスのかごに閉じ込められた少年の全体像が映った。よく見れば、そのかごは天使の羽のようでもある。色とりどりの羽が散りばめられ、その中心にいる少年は涙を流したままじっと光のない瞳でこちらを見つめていた。

それを最後に動画はノイズを発し、ブツンと途切れるように終了する。

晴はこの衝撃的な作品に放心した。しばらく声が出せない。

――たった一分半の動画に、こんなにも感情を乱されるなんて……！

「はぁ……」

やっと出たのはため息だった。ざわざわと何かが心をかき立てる。言葉にならない感情がぐるぐると頭の中を駆け巡り、ただただ感動する。

「今日もまたすごいのを見せてもらった……あぁ、すごい」

この感情はたしかに「哀」だ。哀しくやり場のない思いが一気に溢れていく。『earth』はいつも動画に強いメッセージを込めている。音楽と美しいイラスト、詞すべてが『earth』の生み出す世界であり、非日常を感じさせてくれる。歌や声は一切ないが見る者を圧倒するのだ。

「あの子は、とても哀しかった。その哀しみがいつか晴れたらいいのに……」

まだ目に焼き付いている少年の涙を思い起こす。

底知れない哀しみ、脱力、無力感がおこがましくも普段の自分と重なった。テストの点数が伸びなかったり、陽色と意見が合わず言葉を呑み込んでしまったり、凪に話しかけられなかったりなど、とても比べ物にならないが、そういう日々の些細なことで無力さを感じる。

もう一度、動画を再生して脳裏に焼き付けた。次は詞を噛み締める。流れていく詞のひとつひとつを脳と心に浸透させていく。

最後は音楽。毎回違う音楽も『earth』のオリジナルだ。絵も描けて、動画、音楽までも作ってしまう『earth』の多才ぶりに唸りつつ、物悲しい音をじっくり耳で読み解く。ハープのような音色がするかと思いきや、ベースのような重低音。鍵盤の跳ねる音。今回はみっつの音で構成されているようだ。

晴はそれから五度見返し、ゆるゆると机に向かった。目はスマートフォンに釘付けで、手元に置いたメモ帳を開き、【哀の衝動】に綴られた詞を書く。書き写したものを目視したあと、厳かに咳払いし喉の調子を整えて立ち上がった。

息を吸う。そして、自分の声で詞を放つ。

「『自分をキャンバスに例えたとして、何色に染めるのがふさわしいのだろう』。誰かが言った。考えるまでもなく、僕は透明。世界は彩りに満ちていて、だから哀しい」

少し、感情を込める。

「僕の色はここにない」

少年の涙を思い出す。

「愛してほしいと願いながら、愛してくれないと嘆いている」

音の波を、言葉の意味を考える。

「僕の命が消えたら、初めて尊い存在になるのだろうか？」

目を閉じ、ひと息つく。そして、静かに開眼した。

「さぁ、心を叫べ――――！」

部屋は無音だった。しばらく、その場で静止したまま息も止めて佇む。数秒後、呼吸を思い出したかのように息を吐き出した。

「ぷはっ……もう少し少年っぽい声がいいかな？　うーん……」

照れくささを感じ、無駄に大きな独り言を放ち、喉を押さえてもう一度咳払いする。

それからいくつか音を出して調整し、スマートフォンに入れたボイスレコーダーアプリを操作した。

――よし。

もう一度冒頭から、声を吹き込む。一文ずつこまめに録り、スピーカーを耳に近づけて音を確認する。自分なりに精一杯感情を込められたからか、なんとなく達成感を覚えた。

そして、机に置いていたノートパソコンを開くとスマートフォンを繋ぎ、無料の動画編集ソフトで自分の声をデータに変換し、すかさず編集していく。

最近、動画アプリ内で流行っている〝アフレコ動画〟で『earth』の動画も使われている。『earth』は特にこのアフレコ動画を推奨しているようで、詞の下に【アフレコやってみてね！】と明るいメッセージがあり、ハッシュタグまでついている。ファンや有名動画配信者がこぞって声を吹き込んで遊んでいるのだ。

「よし、これで、オッケー！」

思い切って完了ボタンを押し、できたばかりのアフレコ動画をさっそく再生した。イヤホンで聞く。

「……ま、こんなもんでしょ」

改めて聞き直すと先ほどの達成感は薄れ、どちらかというとうまくできた自信はない。だが、動画の文字に合わせて声が流れるように編集できている。これをさっそくSNSに『日青』のアカウントで投稿した。すぐには反応がこない。これに不満はなく、むしろ放っておかれるほうがいい。達成感が得られるかどうかが大事だった。

「いやぁ、それにしても『earth』はすごいなぁ。今回もしびれました。ごちそうさまです」

ナムナムと両手を合わせて拝み、もう一度動画を見る。何度見ても美しい。一分半という短い時間だから何度も繰り返し見てしまう。

そんな中、晴はふと既視感を覚えた。

「ん……？」

動画を停止させる。それは少年が色とりどりの羽にこもる場面だった。この羽をじっと見つめる。細かい輪郭が、どことなくカワセミを思い起こさせた。

カワセミ——それは星川凪の絵画。

「……まさかねぇ」

すぐに否定して動画を再生させた。


しかし、翌日になっても翌々日になってもふと思い出したように、凪の絵画と『earth』を結びつけてしまう。これはもういっそ確かめなくては、次の期末テストに集中ができない。

――でも、聞けない！

教室で昼食を取っている間、晴は顔をしかめたまま考え続けていた。

「どうしたの、晴？　また、しわを寄せて考えてるね」

陽色がたしなめるように顔をのぞき込んでくる。

仕方なく、晴は真面目な声で端的に言った。

「強いて言うなら、カワセミ」

「え？」

陽色が首をかしげるので、身を乗り出して神妙に続ける。

「もっと言えば、天使の羽」

「え、何それ。意味わかんない」

こちらのノリに合わせてくれない陽色があっけらかんと笑うので、晴はがっくりと顔をうつむけた。

「もうちょっと具体的に言ってよ。悩みあるなら聞くよー？」

陽色は笑いながらミートボールを食べた。

しかし、晴は喉にストッパーでもついているのかと思うほど思いを打ち明けられない。弁当のレタスとトマトを一緒にフォークでつつき、笑顔でごまかす。

「あ、見てみて、隣のクラスの福島くん！　そこ通った！」

ふいに陽色が廊下を指差した。

ミートボールを喉に送ってから、彼女はとろんとした目つきで続ける。

「あー、眼福眼福。かっこよすぎ。私も理系に行けばよかったなー。四組、マジうらやましー」

「陽色、頭いいのにもったいないことしたよねぇ」

話題が逸れたことに安心し、冷やかしたっぷりに言うと陽色は照れたように返した。

「だって福島くん目当てで理系選ぶとか、動機が軽すぎでしょ。将来、なんの仕事がしたいとか全然考えてないしさぁ。それに、晴とクラス離れちゃうのも嫌だし？」

その言葉に晴は戸惑いつつ、調子を合わせるようにクスクス笑った。

「えー、陽色ってば、超優しいじゃん。いい子すぎるぅ」

「でしょー？　もっと褒めてくれ。さぁ、さぁ」

「これ以上褒めても何も出ないでしょ」

「じゃあ、からあげ食べていいから」

陽色は自分の弁当箱の中を見せた。すかさず箸を伸ばすも、彼女はさっと弁当箱を高く掲げる。

「その前に私のいいところ十個言って」

「えー……だったら、いいや」

晴は惜しむように言った。陽色がふてくされたように弁当を下ろす。その隙をついて、晴はからあげを奪い取った。

「あー！　ちょっと、晴！」

笑いながら怒る陽色に威厳はない。こうしてじゃれ合って、お昼を一緒に食べるのは楽しい。

そのとき、教室の入口から声がかかった。

「陽色ー、ちょっとこっちきてー」

垢抜けたタイプの子たちが集まって手招きすると、陽色は「うん！」とあっさり飛び込んでいく。

かっこいい男子の話だろうか、宿題の話だろうか。陽色は最近、テストで彼女たちと点数を競い合っているらしい。そんな彼女たちについていけない。仲間はずれにされているわけではなく、彼女たちと気が合わないから晴も一歩引いていた。

――わたしと離れても大丈夫なくせに。

陽色の楽しげな顔から目をそらし、そそくさと弁当を食べ終えた。スマートフォンを開き、片耳だけイヤホンをつけて動画を見る。

「あ、また見てる。ほんと、好きだねぇ」

しばらく経ってから戻ってきた陽色が、勝手に画面をのぞき込んでニヤニヤと笑う。晴はすぐにイヤホンを外した。アカウント名が見えないように急いで画面を閉じ、何食わぬ顔を見せて陽色を迎えた。

3

気が抜けたサイダーみたいな締まりのない昼休みが終わり、いよいよ五時間目の授業。美術の時間だ。

あの疑問が浮かんでから一週間が経ち、ようやく晴はひとりで決心していた。カワセミの絵と『earth』の新作を見比べたい。そうすれば、このモヤモヤが解決する。

だが、陽色をどうやって撒くか。こういうときに限って陽色は誰からも誘われず、晴にぴったりくっついて美術室まで行く。

結局、授業が始まる前に確認はできず、ラストチャンスは授業後だけに。

今日から新しい課題、六人のグループでジオラマ作りに取り組む。晴と陽色はもう一組の女子のペアと、あぶれた男子ふたりと組むことになった。

そのうちのひとりが、なんと凪だった。

「よろしくねー」

陽色が愛想よく言うが、グループの子たちはあまり乗り気ではない。凪にいたっては、あくびをしている。これに、不機嫌そうに陽色の眉がつりあがった。

「晴、頑張ろうね」

「うん、頑張ろう」

ふたりでこそこそ言い合う。先行き不安だが、晴はこの組み合わせにどきどきしていた。本当なら、今この瞬間に凪に話しかけるべきなのだが、陽色の手前やめておく。

結局、打ち合わせしかできず、時間はあっという間に過ぎていった。凪ともうひとりの男子はなかなか話し合いに参加してくれず、あろうことか最後の十五分になれば凪は腕を組んで眠っていた。

「ちょっと、星川！」

とうとう陽色が怒る。それを遮るようにチャイムが鳴った。

「はい、それじゃあ、今日の授業はここまで」

吉野先生の号令で、全員が席を立つ。

「もう、最悪。やる気なくすわー」

陽色がイライラした様子で言った。晴は気まずく笑うことしかできない。広げていた用紙と文房具を片付けるふりをする。

「晴、早くしてよー」

「あー、うーん、先行っててていいよ」

さっさと出ていこうとする陽色に、晴はモタモタしながら言った。すると、彼女は
「わかったぁ」といさぎよく出ていく。よほど美術室から出たかったのだろう。

ほぼ全員が美術室から出ていったところで、晴は教室の後方に飾ってある絵画に近づいた。スマートフォンを出し、あらかじめスクリーンショットでおさめていた画像と照らし合わせる。スワイプし、羽の部分とカワセミを交互に見つめた。

「うーん……？」

色使いもタッチも同じに見える。しかし、デジタルイラストと絵の具の絵画では微妙に見え方が違うので断定できない。何度も見比べて首をかしげていると、突然、後ろから野太い声がした。

「おい、教室でスマホ出すなー」

「きゃあああああああっ！」

晴は思わず叫んだ。振り返ると、吉野先生が耳を塞いで立っている。

「うるせーな。そんなにビビるなよ」

「後ろから！　急に！　声かけるなんて、不審者ですよ！」

絵画にへばりついて抗議すると、吉野先生は悲しそうに胸を押さえた。

「ひどっ……先生も人間なので傷つくんですよ。女子高生からの罵倒は心に刺さる」

「あ、ごめんなさい……でも、心臓止まるかと思った」

晴もスマートフォンで胸を押さえながら言う。吉野先生は言葉とは裏腹に意地悪そうに笑う。

「中崎、いつもこの絵を見てるよなぁ。好きなの？」

「え？　気づいてたんですか？」

「そりゃあまぁ、授業中にキョロキョロしてるの、三組では中崎くらいだし」

「……そうなんだ」

晴は素直に反省した。もう見ないようにしようと固く決心する。すると、吉野先生は背後を振り返りながら言った。

「そんなに好きなら、作者に直接言えばいいじゃん。ほら」

親指で示された先で、凪が机に突っ伏しているのが見えた。

「いたの!?」

「いたよ。おまえの叫び声でも全然起きねぇ。なんとかしてくれ」

そう言って、吉野先生は出席簿で背中を掻きながら準備室へ去っていった。

静かな空間で、凪とふたりきりになる。彼は身じろぎひとつしない。ここで放置したら、次の授業に遅れてしまうだろう。晴は忍び足で彼に近づき、机を小突いてみた。

「あ、あの、星川くん……起きて」

「……」

背中が深く上下するので熟睡しているのかもしれない。晴は思い切って凪の肩を軽く叩いた。

「ねぇ。星川くんってば。次の授業、遅れちゃう」

それでも動きがないので、晴はいよいよ肩を揺さぶった。すると、ようやく凪の頭が持ち上がる。長い前髪の下から目をこすり、ぼうっとした目がゆっくりとこちらを見た。

初めて見る彼の顔。

――噂（うわさ）ではイケメンらしく、一部の女子からは人気があるらしい。

それは本当だったと確信した瞬間、晴は耳が熱くなる前に咄嗟に目をそらした。ぎこちなく声をかける。

「お、おはよう」

「おはよう」

小さくボソボソとした低い声が返ってくる。彼の声を初めて聞いた。

「あの、次の授業、遅れるよ」

「うーん……」

凪はあくびをしながらのんびりと背中を伸ばした。そして、ため息交じりに言う。

「別に起こしてくれなくてもよかったのに」

「えっ？」

思わず聞き返すも、彼はもう何も言う気がないのか文房具を持って立ち上がり、美術室をあとにした。

突如、脳内にガーンとピアノの音が鳴り響く気がして、晴はふらっと机に寄りかかった。

「えぇぇ……それはないんじゃないの……？」

だが、こうしている場合じゃない。晴も慌てて美術室を出る。

結局、『earth』と凪の関係は見つからなかった。それよりも、凪のあのぶっきらぼうな態度が腹立たしい。

教室に帰ると、凪は頬杖をついて窓の外を眺めていた。その直後、すぐにチャイムが鳴り、晴は慌てて席につく。そのとき、陽色からトークアプリでメッセージが届いたので、机の下でスマートフォンを見た。

【遅かったね】

その文言が、なんだか今だけは無性に温かい。

【ちょっと、災難に遭って】

当初の目的を棚に上げ、晴はふてぶてしく返信した。

それまでは凪のことを色眼鏡で見ていたのだと思う。あんな態度を向けられるとは思わなかった。また、今まで彼にきれいなイメージを投影していたことに気がついた。ショックとイライラが交互に押し寄せ、不機嫌なまま放課後を迎える。

帰り際、教室を出る際に凪を見遣ると彼はまた眠っていた。どれだけ寝不足なのだろう。ただ、今度はもう起こしてやらないと誓った。

校門で陽色とわかれ、ひとりバス停に立つ。

ちらっと自分のアカウントページを見る。先日、アップしたアフレコ動画の再生数は二桁にも満たない。あまりにも伸びないが「まぁ、こんなものだよね」と心の中でうなずいた。そしていつものようにイヤホンをして、お気に入りの動画を開く。

そのとき、バスが到着した。せっかく動画を再生し始めたのにタイミングが悪い。スクールバッグからあわあわと定期券を出すも、スマートフォンがズルッと手から滑り、定期券と一緒に地面へ落ちた。

「あぁっ！　あーもう……」

拾おうと慌ててしゃがむと、後ろに並んでいた人がつんのめり、わずかにぶつかってしまう。

「ごめんなさ……」

振り返ると、凪がいた。

「あ、さっきわざわざ起こしてくれた人」

眠たそうに言う彼は、晴のスマートフォンと定期券を拾ってくれた。思わぬ行動に、晴は拍子抜けする。

「あ、ありがとう……」

「はい、これで貸し借りなし」

凪は素っ気なく言うと、晴の脇をすり抜けてバスに乗った。

今日は席が埋まっており、凪は後方の扉付近に立つ。晴も乗り込み、なんとなく彼の横へ行った。

彼は手すりを掴んだまま目を閉じているので、晴は片耳にイヤホンをつけた。ちらりと彼の様子を窺う。気まずさを感じているのは自分だけなのだろう。なんだか癪に障り、思わず声をかけてみた。

「ねぇ」

「……」

「星川くん」

「……え、何？　俺？」

他に誰がいるんだ、とツッコミしかけるも、ぐっと喉元でこらえる。晴は努めて笑顔を見せた。

「わたし、中崎っていうの。中崎晴」

「はぁ、どうも」

「同じクラスの、美術で同じグループの」

「へぇ。あ、そう言えばそうだったかも」

凪は悪びれもせず、無関心そうに返す。晴は愕然とした。

「覚えてないんだ」

「いや、そんなに関わりのないクラスメイトのこと、いちいち覚えてるわけない」

凪は鼻で笑い、黙り込んだ晴を小馬鹿にするように続けた。

「あんた、自分が他人に覚えてもらえるのが当然だと思ってんの？　すげえな、脳内お花畑かよ」

思わぬ毒舌に呆然とした。困惑気味にしどろもどろ言葉を返す。

「うっ、うーん。そう言われたら、そうだけど……でも、それって寂しくない？」

しかし、凪は目をつむって再びひとりの世界へ潜っていく。悪態じゃなく普通に会話してくれてもいいのにと思いつつ、それすらもなんだか自分本位であるような気がして黙っておいた。

そして、確信した。凪は絶対に『earth』じゃない。あの繊細なイラストや動画を作る人が、こんなひねくれた人物であるはずがない。

しかし、あのカワセミはどう説明したらいいのだろう。美しい絵を描く腕前であることは間違いない。

「……星川くんってさ、絵、すごく上手だよね」

言ってみると、彼は瞼を持ち上げ、嫌そうに顔を歪めた。

「普通じゃん、あんなの」

「普通なわけない！　県で入賞したんでしょ？　すごいことだよ」

「すごくない。褒めるな」

「すごいものを見たら、すごいって思うのは当然だよ」

「それは、さっきの嫌味返し？」

凪は鼻で笑いながら言った。何を言われているのかわからず、首をかしげる。

「嫌味返し……？」

「〝当然〟って」

なるほど。彼が先ほど言った「覚えててもらえるのが当然」に引っかけたのだと思われたらしい。晴は噴き出した。

「ひねくれすぎ」

「そう？　俺、他人としゃべり慣れてないから、普通の会話ができないんだよ」

「じゃあ、もっとしゃべったらいいんじゃない？　いつも寝てばかりだし、友達できないよ」

「余計なお世話」

ピシャリと言い放たれ、晴は再び口をつぐんだ。せっかく話ができたと思ったが、おそらく会話もこれっきりなんだろう。凪は話す気がまったくない。友達も勉強もどうでもいいようだ。だったら無理に関わる必要はない。

晴は諦めてスマートフォンを開いた。『earth』の動画で癒されたい。そう思っていると、横で凪が動いた。ちらっと見ると、彼は慌てて目をそらす。

「……何？」

今度は晴が訝しむ。すると、凪は目をそらしたまま「別に」と言った。そんな彼に、晴は画面をちらつかせて見せる。

「『earth』っていうクリエイターだよ。知ってる？」

「さぁ……」

凪の答えは曖昧だった。どうせこれっきりなのだから、この際すべて打ち明けようか。晴は苦笑を浮かべながら言った。

「実はね、星川くんと『earth』が同一人物なんじゃないかなって思ったの。美術室でひとりになるのを待って、絵を見比べていたんだよ。だから、星川くんのためにわざわざ残って起こしてあげたわけじゃないから」

凪は黙り込んだ。なぜかみるみるうちに血の気が引いていき、彼はやがて「へぇ」と暗い声で言った。

怪しい。それに、せっかく慣れない毒舌をお見舞いしたのに張り合いがない。

「……念のため聞くけど、同一人物じゃないよね？」

おそるおそる聞いてみると、凪は目をつむり顔をしかめたまま唸(うな)る。

晴は嫌な予感がした。

「え、まさか本当なの？」

「ちなみに、どうしてそう思った？」

「質問返しは反則」

「いいから答えて」

イライラした口調で言われ、晴は眉をひそめつつ、渋々答える。

「えーっと、羽の形とか筆のタッチとか。色使いも。カワセミと同じ描き方だったから」

「それだけでわかったのか？」

「まぁ……ていうか、それってもう認めることに、なるよね？」

おずおずと言えば、凪は天井を見上げた。その横顔が引きつっていく。

しばらく無言が続いた。

凪の表情はすでに答えを物語っており、知られたくなかったことを知られたと言わんばかりの焦りが伝わってきて、晴まで緊張してしまう。

そんなふたりの間に、車内アナウンスが流れた。

『遠戸南、遠戸南です』

ドアが開いた瞬間、凪が外へ飛び出した。

「あ、待って！」

晴も思わず駆け出す。

「ちょっと、星川くん！」

全力疾走する制服を追いかける。

凪はそれほど速くなく、一方の晴は校庭を走るよりも俊足だった。だが、あと数メートルが追いつけない。

「星川くん！」

苦し紛れに叫ぶと、彼は肩で息をしながら振り返った。後ろ向きに後ずさる。

「なんでついてくるんだよ！」

「だって、なんか逃げられた感じがして……」

「だからって、ここまで来るなよ！」

そう言い、彼は一定の間合いを取りながら傍(かたわ)らの一軒家へ入った。白壁と切妻造りの屋根。大きな庭もあって、表札は「蓮見」だ。そして、不審者から逃げるように玄関チャイムを鳴らす。

晴も門の前までたどり着き、外からじっと様子を窺う。

やがて、玄関からスラッとした青年が出てきた。

「おかえり、凪」

その青年は優しそうな目元をきゅっと吊り上げて笑うので、なんだか狐を思わせる。身長が高く全体的にすらりとしていて、顔も小さい。ゆったりとした白のＴシャツとジーンズというシンプルな格好。そんな彼を押しのけるように凪が入っていく。

「あれ、凪？　どうしたー……って、わーお。女子がいる」

晴の姿を見るなり、青年は口に手を当てて家の中と晴を交互に見た。

「え、うそうそ。うーわー、凪が女の子連れ込んできた！」

「そんなんじゃねぇから！」

すかさず凪の裏返った声が家の中から響いた。それでもかまわず青年はニヤニヤと笑みを浮かべて、晴を手招いた。

「いいじゃん、年ごろじゃん。いやぁ、お兄ちゃん感慨深いよ。涙出そう」

「お兄さんなんですか？」

晴はおずおずと聞いた。すると、彼は涙ひとつ浮かべず軽く笑いながら全否定する。

「あ、実の兄じゃないんだ。幼馴染みなの。僕、蓮見芯太っていいます。大学一年生。よろしくー」

とても軽々しく挨拶され、晴は笑えないまま会釈した。

「中崎晴です。星川くんと同じクラスの……」

「俺のストーカーだよ!」

すかさず凪が玄関から言った。芯太の後ろで怯えるように顔をのぞかせている。晴は憤慨した。

「人聞き悪い! ストーカーじゃないし!」

「だって、俺の絵を見て正体暴きやがった。めっちゃ怖い!」

「それは! そうだけど……」

ぐうの音も出なかった。すると、芯太が細い目を見開いて驚く。

「ほぇー、マジか。すげえ……なんだ、もうバレちゃったんだ。それで逃げてきたと。なるほど、ある程度読めた」

察しのいい芯太の言葉に、凪はこくこくとうなずく。一方、不審者扱いされた晴はふたりの様子をじっとりと眺める。

芯太は凪の髪をくしゃくしゃに撫でながら、愛嬌たっぷりにこちらへ笑いかけた。

「晴ちゃん、だっけ。ちょっと話をしようか」

「えっ……はい……」

凪の正体が『earth』であるということが、そこまで重大な秘密なのだろうか。もしそうなら、少し悪いことをした気がする。だが、どこか納得がいかない。

晴は混乱する頭を振って、家の中へ入った。

4

「適当に座って。お茶、入れるから」

芯太は物腰柔らかく言いながら、カウンターキッチンで湯を沸かす。

晴は言われるままL字型のソファに腰かけた。ほのかに木材の匂いが香るリビングはテレビと本棚、チェストが落ち着きのあるナチュラルな色合いで、全体的に柔らかな茶色と白、差し色にグレーといった配色だ。

凪は冷蔵庫からスポーツドリンクを取ると、晴を睨みながらリビングを出た。

「ごめんねぇ。あいつ、人見知りが激しくて」

ティーカップを選びながら芯太が笑って言う。ふいに話しかけられ、晴は肩に力を入れた。そんな晴にかまわず、芯太は軽やかに話を続ける。

「凪はどう？　学校でちゃんとやってる？」

「ちゃんとは……してないです。いつも寝てばかりで」

「だろうね」

芯太はクスクス笑った。それから少し声を低めて言う。

「まぁ、寝不足の原因は僕のせいかもしれないけど……でも、夜はちゃんと寝ろって言ってるし。うん、僕は悪くない」

「はぁ……あの、蓮見さんと星川くんはたしか幼馴染みって言ってましたよね？ えっと……」

「ああ、ちょっと特殊なんだよね。第一、凪は実家から離れてこの家に住んでいる。ここから学校に通ってるんだ」

手を動かしながら滑らかに説明する芯太と目が合う。やがて両手にカップをふたつ持ち、ひとつを晴に差し出してくる。

「どうぞ」

「ありがとうございます。いただきます」

色鮮やかな紅茶が白いカップに注がれていた。ひと口含むと、爽やかな酸味のある果実を感じる。それから鼻へ抜けるのは甘いショートケーキのような香り。

「おいしいです」

「それはよかった。ストロベリーのフレーバーティーだよ」

優しく言う芯太。晴はようやく肩の力を抜いた。

「おしゃれですね」

「母親のお気に入り」

芯太は軽快に言い、自分もひと口含んで息をつく。

「さて。晴ちゃんが凪の正体を暴いたのは、とてもすごいことだよ。びっくりした。まさか、本当にそんな人が現れるなんて思わなかったよ。お見事」

なんだか褒めちぎってくれるが、どうにも胡散くさく思え、晴は鼻をひくつかせた。カップをテーブルに置く。

「じゃあ、やっぱり星川くんが『earth』なんですね……」

「あらら？　なんだか、がっかりしたような言い方をするね。まぁ、実物があんなだとしょうがないか」

芯太が笑う。

「あいつはたしかに『earth』だよ。でも、あいつだけじゃない。僕も『earth』だからね」

「じゃあ、ふたりで活動してるんですか？」

「そう。僕が編集を担当して、凪がイラストを描く担当。これにはいろいろ複雑な事情があってね……」

芯太もカップを置き、少し声音を低くし神妙に言う。

「凪は絵を描かないとダメなんだ。絵を描いていないと落ち着かない。それだけじゃなく、腕もたしかだ。その才能が潰されないように、ここに住んでるんだよ」

舌に残っていた紅茶も一緒に、晴はゴクリと喉を鳴らす。

「そして、動画は僕の夢のための活動場所でもある。だったら早い話、ふたりで組めばいいという利害関係の一致で僕らは『earth』を動かしている」

なんだか妙なことになってきた。あんなに憧れていた『earth』が目の前にいる。それなのに高揚感はなく、知ってはいけないことを知ったような罪悪感と後悔が胸中を走る。

そんな晴の様子を見透かすように芯太はなおも笑った。

「そんな深刻そうな顔しないで」

「いえ……なんか、ちょっと、ショックというか」

「えっ？　ショック？」

「悪い意味じゃないんですけど、むしろわたしが図々しく星川くんにつめ寄ったから、こうなったというか……」

なんと言い表せばいいかわからず、説明に困る。それを芯太は優しくうなずいて受け止めてくれた。

「好きな有名人に近づきすぎて引いたって感じ？　僕も経験あるよー。好きな漫画家をSNSでフォローしたときに『しまった、近づきすぎた！』ってあとで頭を抱える」

「そう、それです！」

　的確な表現に思わず声を上げる。芯太は「なるほどねー」と腕を組んでソファの背にもたれた。

「いやぁ、僕らも結構有名になったなぁ……コメントをくれるファンはかなり増えてきたけど、家まで特定してくる人は初めてで。すごいなぁ」

「特定したわけじゃないです！　思わずついていっちゃっただけ！」

「冗談だって。大丈夫。晴ちゃんは凪の友達だから特別だよ」

　特別。普通ならときめく場面なのだろう。しかし、晴はさらに罪悪感で押しつぶされそうになり、うつむいた。

「いや、ダメです。『earth』が好きな人は全国にたくさんいるのに、わたしだけ特別って荷が重いです……」

「あははは っ！　晴ちゃんが本物のファンだってことはよくわかったよ。それにしても、僕らの世代は有名人とも気軽に繋がれるから、そんなに抵抗感はないだろうと思っていたんだけど、そうじゃないんだね」

「好きだからこそ知りたいですよ。もちろん。でも、一線は引くべきです」

「なるほど。それは僕も同意だよ」

芯太はうれしそうにうなずいた。そして、何か考えている顔つきで天井を見る。

「ちなみに、僕らの動画でアフレコしてる？」

「えっ」

晴は肩を上げた。心臓がドキリと爪弾き（つまはじ）にされたかのようで、腹の底が一気に冷える。

「な、なぜ……」

「だって、わざわざああしてエサを撒（ま）いてるんだから、てっきりそうだろうと」

「エサ……」

なんとなく凪の毒舌を思い出した。どちらも言葉選びが独特である。『earth』本人なのだから当然と言えば当然だが。

芯太はしばらく考え、思い当たるようにゆっくり言った。

「声が気になる。どこかで聞いたなぁ……晴ちゃん、SNSのアカウント持ってるでしょ。動画、上げているよね？」

「なんでそう思うんですか？」

「そりゃ、僕らの動画でアフレコしてくれた人の声をいつもチェックしてるから」

その何気ない答えに、晴はさっと血の気が引く。憧れの存在に自分の声を聞かせていたとは思いもせず、またそれが本人にバレてしまうとも思わず震えが走る。

もう逃げ場がない。晴は観念した。

「そ、その通りです……」

「ハル……ハルって、天気の晴れって書く？」

「はい」

「あー、ってことは『日青』さんだ！」

芯太は膝を叩いて言った。

晴は頭を抱えた。自分のアカウントネームの安直さに呆れ、気分は大罪人だ。対し、芯太は無邪気に手を叩いて喜んでいる。

「やったぁー、当たった！　いやぁ、そうかそうか。君が日青さんかー」

「すみません……あんなお粗末な声でアフレコして……」

「何言ってるの。遊んでほしいってこっちから誘ってるのに。それに、君の声は聞いてて心地いいんだ」

耳を疑うような言葉に、晴は思わず顔を上げる。芯太は優しく笑って続けた。

「他の人にはない、真っ直ぐで純粋で心がこもっている声がね、好きなんだよ」

その言葉に、晴は目をしばたたかせた。

――どうしよう、なんだろ、これ。すごくうれしい……

冷えていた胸の中が急激にポカポカと温かくなる。同時に眼球の奥が熱くなり、ポロッと涙がひと粒落ちた。

「あれ⁉　ごめん！　気持ち悪かった？　いや、そうだよね、絶対そうだ。ごめん！」

たちまち焦って立ち上がる芯太に、晴はすぐさま涙を拭って手を振った。

「いえ、あの、なんかすごくうれしくて……誰の目にも留まらない、雑草みたいな動画だから、その、誰かに好きだと言ってもらって……感動しちゃって」

晴は鼻をすすり、照れ隠しに笑う。すると、芯太の顔もほっと安堵した。

「あはは、大げさだなぁ」

「すみません。慣れてないんです」

「その純真さで目がくらみそう」

芯太は深くソファに腰かけ、優しく微笑(ほほえ)んだ。晴は恥ずかしさのあまり、紅茶を飲んでごまかす。

そのとき、何を思ったか芯太が軽々しく提案を持ちかける。

「そうだ。晴ちゃん、僕らと一緒に『earth』の声をやってみない？」

「ふぁっ⁉　な、何を、急にそんなこと言い出すんですか！」

晴はむせ返りながら言った。同時に二階で何かが落ちた音がし、芯太がニヤリと笑う。

「おもしろいかなーと思って」

「だからってなぜ！」

「ちょうど今、素材を探してたんだよ。そろそろ『earth』に声を入れたいなって。五感に訴える動画を作りたいんだけど、そのためにはやっぱり血の通った声がほしい」

「いやいやいや、だったらふさわしい人が他にたくさんいます！　声優とか歌手志望とか、それこそ専門学校に通っている人とか！」

『earth』のファンには夢を目指す人が多い。そんな人たちを押しのけて、こんなあっさりと軽々しく『earth』に協力するなんて恐怖で眠れない。全力で首を横に振るも、芯太は真剣だった。

「大丈夫、大丈夫。むしろ、まっさらで慣れていない素人のほうがやりやすい。こだわりが出来上がっている人だとちょっと難しいから、こういうのは」

「そんなことを言われても……」

　晴は天井を見上げた。無意識に足が浮く。深呼吸をして心を落ち着かせる。

『earth』の一員になれるなんて夢のようだ。でも、自信がない。誰にも届かない小さな自分の声を誰かの心に届ける、そんな大役を務められるのだろうか。どうしても一歩が踏み出せない。

「晴ちゃんは、どうしてアフレコ動画をしてるの？」

静かに聞かれ、ビクッと心臓が震える。頭が真っ白になり、顔を伏せた。

「あ……えっと……なんでだろ」

「誰かに聞いてほしいからじゃない？」

芯太がなおも言う。晴は顔を伏せたまま笑った。

「うーん……誘導ですよ、それ」

「そうかも。でも、僕にはそう思える。君の声を誰かに届けてみないか？」

そう真剣に言われてしまえば、その気になってしまう。自分の奥底に眠る感情を掘り起こす。

すべてをさらけ出すのは恥ずかしい。でも、ありのままの自分を聞いてほしい。自分でさえ見えていない全身全霊の芯の部分を。

その欲が高まった瞬間、晴は顔を上げた。芯太の目が好奇心にキラリと光る。

「……」

返事ができない。すると、芯太が沈黙を引き裂かんばかりに明るい声で言った。

「今から時間ある？　ちょっと声を吹き込んでみない？」

「え？　いや、あのっ……」

「いいから、いいから。やってみたら気持ち決まるかもよ」

迷う晴に対し、芯太は満面の笑みを向けて立ち上がった。

「よーし、じゃあやってみよう！　凪も呼ぶね！」

凪の存在をすっかり忘れていた。晴は困惑のまま立ち上がる。

「そんな、ちょっと蓮見さん……！」

「僕らはふたりで『earth』だから、あいつも立ち会わせなきゃ」

芯太は隙のない笑みを浮かべ部屋へ案内する。仕方なく、晴は促されるまま凪がいる部屋へ向かった。胸がドキドキする。

芯太が部屋の戸をノックした。しかし、声は聞こえない。

「あいつ、ヘッドホンして作業するから聞こえないんだ」

そう言って、彼は勝手に部屋の戸を開けた。

ベッドと机、四方八方の壁を覆い尽くす標本や図鑑、外国のポストカードや有名アーティストのジグソーパズル、ロックバンドのポスター、雑多な色に覆われたアトリエが両目に飛び込んできた。凪は深いブルーのＴシャツに着替えている。

「凪」

芯太が声をかけながら彼の肩を叩く。すると、凪は面倒そうに顔を上げてゆっくりと振り返り、ヘッドホンを取った。

彼の手元にあるのは液晶タブレットとペン、そこに映っているのは精密で美しい線画。その奥にもモニターがあり、タブレットと連動させている。本格的な作業机だった。

「こちら『earth』の声担当候補の日青さん。挨拶して」

そんな説明で通じるのだろうかと、晴は不安になるが、なんとなく場の雰囲気に流されてお辞儀した。

凪は眉をひそめる。シャウトするデスメタル調の音楽が漏れて聞こえた。

「はぁ……芯太兄ちゃん、詐欺師かよ。最低だな……」

凪は椅子の背にもたれて深いため息をつく。

「人聞き悪いこと言うな。晴ちゃんは僕らの動画のアフレコしてくれてるんだよ」

「だとしても、俺のクラスメイトなんだけど。気まずくて仕方ないし。それに、こんなストーカーを仲間に加えるって、どうかしてる」

凪の不満そうな言葉に、なんとも言えない晴は頭を下げたまま悔しく歯噛みした。

「まぁまぁ、そう言うな。今から声を吹き込んでもらうんだからさ」

芯太の圧に、凪は顔を背けた。

しばらく長い唸(うな)り声が聞こえたが、やがて凪はため息で了承した。もっと激しく嫌がられるだろうと思っていた晴は拍子抜けする。

「よし！　それじゃあ、さっそくアフレコしてみようか」

芯太が調子よく言う。晴は顔を上げてふたりを交互に見た。

「でも、待って、わたしは……」

「この前、投稿してくれた動画、ちゃんと見たからね。いい感じだったよ。あれみたいにやってくれればいいから。ほらほら、ぼさっとしない！」

追い立てられて凪の部屋を出ると、廊下を通って奥の部屋に押し込められる。

凪の部屋よりも広く、ソファとＤＶＤ再生プレーヤー、ステレオ、スピーカーなどが雑多に置かれている。その上に指示用の細長いマイクとヘッドホンがあった。学校の放送室にあるような本格的な機材だ。

その向こうには、ガラス板とアコーディオンカーテンで区切られた手作りの防音壁があり、中央にはサイドテーブルに置かれたマイクスタンドまでそろっている。

晴を待ちかまえていたかのように準備万端だ。芯太に背中を押されて防音スペースに入るが、不安に駆られた。戸惑いの表情を浮かべていると、凪がひっそりと顔を出してきた。

「大丈夫。指示はそのヘッドホンから聞いて。いつも自分の部屋でやってるように声を出してくれればいいから。あとは、こっちでなんとかする」

晴は傍（かたわ）らにあったヘッドホンを手に取り、首にかける。ガラスの向こうを見遣ると、芯太の声がヘッドホンからかすかに聞こえてきた。

「よし、それじゃあ、やってみよう。【哀の衝動】、セリフはこっちを見ればわかるから」

芯太が自分の後ろの壁を示した。先ほどは目に入らなかったが、そこには殴り書きされた、見覚えのある文字が並んでいる。

【哀の衝動】の序盤から最後までの詞（ことば）だ。晴はそれをじっと見て、肺いっぱいに見知らぬ空気を取り入れた。

脳内が新しい色で満ち溢れていく。押し寄せる感情の波。心と喉がうずうずと湧き上がり、口が開く。

「……っ」

しかし、息が喉の手前で引っかかる。何度も脳内で復唱した詞（ことば）なのに、思うように声が出ない。変な声が出たらどうしよう、詞（ことば）をうまく言えなかったらと、瞬時に迷ってしまう。

「ん？　どうした？」

芯太の声がヘッドホンから流れ、急に全身から汗が噴き出した。緊張のあまり、声が出てこない。

そのとき、凪の声がヘッドホンに割り込んできた。

「おい、さっさとやれ。ここまでついてきて、今さら怖気（おじけ）づくな」

鞭(むち)打つような言葉に、晴は目を見開きガラス板の向こうを見る。

凪が芯太のマイクを奪ってじっとこちらを見ている。彼の鋭い目はあいかわらず怖いけれど、何かを託すような願いを込めた光を帯びていた。とても真剣な目だ。

それを見たら不思議と背筋が伸びた。息を吸い込み、気持ちを落ち着かせる。

芯太が小さくつぶやいた。

「さぁ、君の心を叫べ」

その言葉が全身に回り、晴はマイクに向かって詞(ことば)を奏でた。


「自分をキャンバスに例えたとして、何色に染めるのがふさわしいのだろう」

誰かが言った。

考えるまでもなく、僕は透明。世界は彩りに満ちていて、だから哀(かな)しい。僕の色はここにない。

愛してほしいと願いながら、愛してくれないと嘆いている。

僕の命が消えたら、初めて尊い存在(もの)になるのだろうか？

さぁ、心を叫べ。


マイクに向かって全身全霊で叫ぶ。詞(ことば)が溢れる。

目に焼き付いた凪のイラスト——あの少年を思い出すと自然と心が動いた。無意識のうちに詞（ことば）が声として溢れ出して止まらない。

何色がふさわしいのか。自分には何もない。だから、何かになりたくて必死で叫ぶ。だったら、透明でいい。それは何にも染まりたくないという意思表示かもしれない。心はいつだって無色でいることを求める。そのほうが楽だから。だとしたら死ぬときも同じように無へと還（かえ）っていくのだろうか。

そんな漠然とした不安の波が足元から徐々に押し寄せる。そして、込められたメッセージを理解する。

これは誰にともなく求めるＳＯＳだ。

晴はすべての感情を出し切り、全速力で走ったあとのように前かがみになった。その際、ガラス板の向こうにいる芯太と凪が見えた。

芯太は満足げに笑っていて、凪の目は大きく見開かれ驚きと高揚が織り混ざったような表情を浮かべている。

それを認めたら、急激に恐怖で足がすくみ、次第に床へ座り込んだ。

「晴ちゃん⁉」

異変に気づいた芯太が慌ててカーテンから顔を出す。

「大丈夫？」

「だ、大丈夫です……なんか、足が震えちゃって」

不甲斐（ふがい）なく震える足を叩き、晴は精一杯笑った。すると、芯太もその場に座り込んで豪快に笑った。

「あーもう、驚かすなよー。びっくりしたぁ」

「緊張しちゃったんですよ！　急にアフレコやれって言うから！」

あえぐように訴えると、芯太は脱力気味に言った。

「ごめん。思わず感情が先走ってさ。早くこの素材を録（と）りたいと思ったから」

「そう言って取り込んだわけだな。やっぱ詐欺師じゃん」

凪の冷たい声が空気に触れた。彼もまたカーテンから顔をのぞかせて、疑心たっぷりに芯太を睨む。そして、いまだ緊張で震える晴に向かって言った。

「中崎、断るなら今だぞ。そいつは誘惑の悪魔だから。気をつけろ」

「最後まで聞いといて、そんな言い方はないだろ。ほんと、素直じゃないねぇ」

芯太はケラケラと愉快そうに笑った。それから満足げに手を差し伸べてくる。

「ようこそ、『earth』へ。僕らは君を歓迎します。日青さん」

凪は「フン」と鼻を鳴らしている。少なくとも認めてくれているのかもしれない。

——この手を取ったら、もう普通の日常へは戻れないだろう。

しかし、今までの日常に未練があるかと言われれば微妙なところだ。晴はゆっくりと手を伸ばした。

「よろしくお願いします……！」

世界が変わる。その予感は確実だった。

第二章　魔法の声を聞かせて

1

晴の声が入った動画はさっそく芯太の手によって編集された。曰く、凪の新作ができるまで芯太は待つしかないため、定期的に上げることが難しいのだ。

「だから、今回はちょっと特別だよねぇ。日を空けずに上げるから、サプライズ配信って感じで。ふふふっ、これは間違いなく伸びるね」

芯太は編集ソフトを動かしながら言った。その横で詳細を聞いていた晴は不安で仕方がない。

「ほんとにやっちゃうんですか？」

「ほんとにやっちゃうよ。大丈夫！　みんな絶対びっくりするから！」

びっくりするのは当然でしょうね！　と強く言いたい気持ちを晴は我慢した。手のひらに浮き出る汗を握り、動画の完成を待つ。

芯太は鮮やかな手さばきでマウスとキーボードを操った。何度かヘッドホンをつけ、音を確かめながら調整していく。

「よし、こんな感じかな。さて、あとはキャプション……『日青さんとコラボしました』でもいいんだけど……うーん、ちょっときついこと言うけど、君の知名度は低いし、インパクトがないよね」

芯太が申し訳なさそうに言う。

「ですね……それは間違いなくそうです」

うつむいたまま晴が答えると、芯太はあっさりと言った。

「じゃあ、何も書かずに流すか」

「えぇっ？　ダメです！」

思わず身を乗り出して叫ぶ。

「どこの馬の骨ともわからないやつが、この神聖な『earth』様の動画に下手な声を吹き込んだら大騒ぎになっちゃいます！　しかも、本家が流すって前代未聞！」

「えー、いいんじゃない？　ほら、歌系の動画やってる人って顔出さなかったりするじゃん。顔が見えないからミステリアスで話題性も出る。そんな感じで、覆面声優。おもしろいと思うけどなぁ」

「覆面、声優……」

なんだか喉に重圧がかかるような気がする。そんな晴を芯太は無視し、軽快にキーボードを叩いた。

「はい、こんな感じになりました、と」

芯太がパソコンを見せてくる。晴は顔をしかめたまま画面を見遣った。動画のタイトルは「【哀の衝動】おまけ」とある。キャプションにはひと言だけ。

『earth ×?‥?‥?‥』

「謎すぎる……」

思わず晴は呆れた声を漏らした。すかさず、芯太が愉快そうに肩を揺らして笑う。

「謎すぎるなぁ。ま、最初はこんな感じで」

そうして、彼は完成したばかりの動画を再生した。

【哀の衝動】が流れる。文字が浮かび上がったと同時に、晴が吹き込んだ声がスピーカーを介して部屋に響いた。

「うわっ」

「自分の声に驚かなくても。いつも遊んでるくせに」

飛び退く晴に芯太が冷やかすように笑う。

「だって、自分でやるよりも音質がよくて……わたし、こんな声だったんだ……」

耳に届く声は、なんだか自分のものじゃないような気がした。少年を意識した声音だからか、それとも芯太の編集技術によるものか。

クリアな音質ながら、ところどころに加工が施されていて、声の上にザラッとした砂をかけたようなノイズも入る。

　そう言えば音楽がない。

　動画は凪のイラストと晴の声だけが融合している。これだけで【哀の衝動】の世界観が新しいものに変わった。やがて、動画は色を放って終わりを告げる。

「……うん。いいね」

　静かな空間で芯太が満足げに言った。そして、晴に向かって優しく微笑む。

「日青さんの動画はね、『earth』の心を理解しようと何度も考えている、そんな背景が見えるから興味があったんだ。きっと僕らを理解しようとしてくれているって」

「そんな……だって……」

　晴は冷や汗を浮かべた。目をそらしながら口を開く。

「初めて『earth』に出会ったとき、衝撃だったんです。ぎゅっと心臓を掴まれて、哀しいのに楽しくて、うれしくて、つらくて。一気にいろんな感情が溢れてきて、圧倒されて……それで好きになったんです」

　知りたくなった。こんなにつらそうなのに、どうして美しいんだろうと。

　そうして気がついたら探していた。彼らの世界の根幹を知りたくて、隅々まで目を凝らした。そんな当時のことを思い出す。

「わたし、今までそんなものに出会ったことがなくて。好きなものは好きなだけ味わいたいし、自分が納得するまで噛み締めたい……たしかに遊び半分なところもありましたけど、『earth』が好きだから手を抜きたくないんです……って、何言ってんだろ」

「なるほど……そこまで言ってもらえると作者冥利に尽きるよ。うれしいな」

芯太があんまり甘やかかに言うので、晴はたちまち恥ずかしくなった。

「うーん、でも……やっぱり恥ずかしいです。わたし、才能ないし」

「そうかな？　その声は才能だよ」

晴はハッと顔を上げた。芯太は真剣な顔で晴を見つめている。

「何かに秀でた人たちはたしかに才能があったから大成した。でも、彼らは自らその道を選び、血の滲むような努力をしている。それでも伸びるか伸びないか……でも、声は違う。磨いてどうにかなるものじゃない。紛れもなく生まれ持った才能なんだ」

思わぬ言葉に、こんがらがっていた感情があっさりとほぐれていき、晴はあんぐりと口を開けた。

「あれ？　僕、今すごくいいこと言ったね？　あ、でもこれ、好きな漫画のセリフをいじって引用しただけだから」

芯太のあっけらかんとしたその様子に、晴はがっくりと肩を落とした。

「それを言っちゃうとかっこ悪いです……」

「だよねー、あははははっ！　さてと……おぉっ、見てみ、晴ちゃん。もう再生回数がこんなに伸びてるよ」

その声に晴はそろそろと顔を近づけた。画面の中にある閲覧数の桁が増えていく。この数分で再生回数はすでに五〇〇回を超え、まだまだ増えていく。

「コメントも来てるね」

そう言いながら、彼は一気に下へスクロールした。

「みんな『誰？』って言ってる。ＡＩだって言ってる人もいるな。あはは。それくらい完成度が高いってことだ。はー、これはすごい。いいねぇ」

「うわぁ……！」

晴は目をこすり、もう一度コメント欄を眺めた。『earth』のファンたちが一斉にコメントを書き込み、議論にまで発展する。そのおびただしい数に唖然（あぜん）とした。

『earth』の魔法にかかると、これまで誰の目にも留まらなかった無名のアカウントの声にみんなが振り返る。ふわふわとした高揚感に包まれ、晴は自然と笑みをこぼした。

「晴ちゃん、楽しい？」

「楽しい……と思います。なんか、ワクワクしちゃう」

「よし、じゃあ次もよろしくね」

「はい！」

晴は拳をぎゅっと握りしめ、気合を入れた。

「それじゃあ、今日はここまでにしようか。あ、その前に連絡先教えてくれる？　ダメなら、ダイレクトメッセージで連絡するから」

「じゃあ、トークアプリのＩＤを」

スマートフォンを出し連絡先を教えると、突然背後から視線を感じた。振り返ると、凪が冷めた目でこちらを見ている。何かまた嫌味を言うのかと身がまえていると、彼は気が抜けるようなことを言った。

「芯太兄ちゃん、腹減った」

「え？　あぁ、適当に食えよ。冷蔵庫に昨日の残り物とかあるだろ」

面食らったように言う芯太。対し、凪は何も言わずに部屋から出ていく。

「あいつも腹減るんだな……って、いちいち報告するなよな。小学生かよ」

芯太の言い方は兄のよう。このふたりが特殊な関係であるのはすでにわかったが、まだまだ何かありそうだ。

そう考えていると、芯太がこちらを見てにっこり笑った。

「それじゃ、晴ちゃん。次の内容が決まったら、連絡するね」

「あ、はい！」

晴はぺこりとお辞儀した。

＊＊＊

『earth』の活動は秘密厳守だ。誰にも言わないのが最重要条件。それは凪のためでもあったが、晴のためでもあるのだと芯太から言われている。

　凪の動画配信の活動は絵を描くためであり、すべてに協力的というわけではなかった。もっとも彼はイラスト担当だ。動画内に流れる詞は彼がたまにつぶやくフレーズを芯太がつなぎ合わせてアレンジを加えて編集しているらしい。そんな内部事情は誰にも漏らせない。

　それでも晴の口はむにゃむにゃと口角を上下させていた。

「晴、悩みあるなら聞くよ……」

　異変に気づいた陽色を目の前にしてもなお晴は笑い出したい気持ちを抑える。

「な、なんでもないよ」

「ほんとにぃ？　恋の悩みとかだったら超聞きたいんですけどー。好きな人できた？　ねぇ、できたでしょ、その顔は絶対そうだよ」

「そんなんじゃないってば」

　とぼけると、陽色はむくれて不満をアピールする。

「親友に教えてくれたっていいじゃん」

「ほんとになんでもないんだって」

　晴は慌てて笑みを消した。

　――そうか。親友なんだ、わたしたち。

　陽色の親友という言葉に少しだけ罪悪感を抱き、思わず口を開いた。

「陽色、あの……」

　そのとき、おもむろに教室の隅が動いた。寝癖の立った頭を掻きながら、凪がわざと晴の後ろを通り過ぎる。瞬間、ひやりとしたものが背中を伝った。

　彼は教室を出ていきながら、前髪の下からどんよりと暗い目をのぞかせてこちらを睨んでいたので、苦笑して目をそらす。

「あー、雨降ってきたね。今日の体育はバドミントンかなー」

「はぁ？」

　陽色が不機嫌そうな声を投げてくる。ごまかし方が下手なのは自分でも気がついた。

「あー、そろそろ期末テストだね！　わたし、今度はかなり自信があるんだよねぇ。今わたし、英語にはまってて」

「そうなの？　たしかに小テストも調子よさそうだったね」

　途端に陽色の顔が明るくなる。

「よーし、じゃあアイス賭ける？　今度のテストでいい点取ったら、トリプルアイス奢る！　ファミレスのパフェでもいいよ」

「う、うん！　その勝負、乗ったぁ！」

ぎこちなく調子を合わせた。しかし、心の中では勢いよく地面を叩いて嘆いていた。

——絶対勝てないって……陽色ってば、わざとそう言うんだから。

本当のことが言えない自分を棚に上げてもなお、しばらく小さなモヤモヤが胸中にうずまいた。

しかし、それも清掃時間になれば一転する。数人の女子生徒とトイレ掃除をしている最中、唐突にスマートフォンの通知が鳴った。芯太からだった。

【突然で悪いんだけど、今日の放課後、こっちに来られる？】

続けざまにメッセージが来る。

【まだ新作はできてないんだけど、過去作の声をやってもらいたいな～って思って】

思わず晴は画面を顔に近づけた。目を凝らして何度も読み返す。そして、素早くメッセージを送った。

【ぜひ！　やります！】

せっかくだから凪と一緒に行こうと思ったのだが、彼はホームルームが終わってすぐに走っていき、一本早いバスに乗ってしまった。陽色の手前、追いかけるわけにもいかず、のんびりと一緒にバス停まで行き、次のバスを待ちながら陽色の話に適当な相づちを打つ。陽色がアイドルの話を始めたころ、バスが到着し晴は急いで乗り込んだ。

「じゃ、明日ね！」

「あ、うん、また明日ー」

小雨の中、陽色は残念そうに手を振ると、自転車にまたがって反対方向の道へ急いだ。しばらくして降車したあと、なんとなく辺りを見回しながら閑静な住宅街を走る。ゆるやかな坂の中腹に「蓮見」という表札を見つけた。二階の部屋は暗幕カーテンが引かれていて、あそこが凪の部屋なのは間違いない。

呼吸を整えてチャイムを鳴らすと、不機嫌そうな声がインターホンから聞こえた。

『はい』

「中崎です。来ました」

『……』

その対応から察するに芯太ではないことがわかる。数分待ってもドアは開かれないので、晴は堪（たま）りかねて門をくぐり玄関ドアの前に立った。やがて不審そうに細く開けられた隙間から凪のどんよりとした暗い目がのぞく。

「芯太兄ちゃんなら、今はいない」

「えっ」

得意げに伸ばした口の端が引きつる。すると凪は鼻で笑い、ドアを開け放った。

「まぁ、いいや。入れば？」

「お、お邪魔します……」

歓迎されていない気まずさはあるが、ドアを開けてくれたことに安心する。靴をそろえて上がったそのとき、後ろで凪がスリッパを思い切り床へ叩きつけた。パーンと大きな音が吹き抜けの玄関ホールに響き、晴は肩をビクリと震わせる。

「ようこそ、我が今際の砦へ」

そんな不気味な言葉とともに、凪は薄ら笑って部屋へ上がっていった。

どういう意味か皆目わからない。だが、はっきりしているのはやはり彼は言葉選びが独特だ。

2

「ごめんね、ちょっとお菓子を買いに行ってたんだ。リビングに入っててよかったのに。なんなら、収録部屋にいてよ」

玄関に座り込んでいる晴を見て、帰ってきた芯太が目を丸くする。

「いえ……なんというか、その……歓迎されてないのだとばかり」

しどろもどろに言うと、芯太は察知したように手をポンと打った。

「凪になんか言われた？　気にしなくていいんだよー。あいつ、誰に対してもああだし、プロデューサーの僕にも偉そうで生意気だしねぇ。あははは っ」

「プロデューサー……？」

晴はスクールバッグを抱きかかえたまま訊ねる。部屋に上がっていく芯太の後ろを追いかけると、彼は得意げに笑って天を仰ぐように両手を広げた。

「そう。プロデューサー。いい響きだろう？」

「響き……」

「あ、ちょっと今バカにした？　僕、将来は本気でプロデュースの仕事をしたいんだよ。それが夢のひとつ」

「まさかまさか、そんなバカになんて」

晴は慌てて返した。

たしかに芯太は『動画は僕の夢のための活動場所』と言っていたから、『earth』の活動は夢への挑戦ということなのだろう。壮大に思え、腰が引けていく。

そんな晴にかまわず、芯太は意気揚々と続けた。

「だから、晴ちゃんも僕のことをプロデューサーって呼んでいいよ。芯太Ｐって呼んでくれ」

「えーと、それはなんか恥ずかしいので……」

「そっかぁ。残念」

階段を上がり、芯太は収録部屋の横にある部屋へ晴を通した。黒いステンレス素材のベッドと机、タンスに本棚、テレビといった、あまり色のないシンプルな部屋だ。

「僕の部屋。休憩場所にしちゃっていいからね」

「蓮見さんの、部屋……うわわわっ……！」

晴は顔を覆った。男性の部屋に入るのは初めてなのだ。小学生のころですらクラスの男子と友達になれず、家にも遊びに行った経験がない。そう考えると、急激に意識し始め、なんだか全身が熱くなる。

「どうしたの？」

「あ、あの……すみません。わたし、男の人に慣れてなくて」

「え？　嘘、今ごろ？　待って待って。僕、変なことしないから、安心して！」

芯太もあわあわと後ずさる。

「そうか……昔から女の子もよく出入りしてたから無意識に上げちゃった。ごめんね。僕、熱中すると周りが見えなくなるんだ。ほんと、意識しないで。頼むから！」

芯太の白い顔に少しだけ赤みが差す。晴も恥ずかしくなり、バッグで顔を隠しながら部屋に入った。何も考えずに部屋に上がった自分を誰かに殴ってほしい気分だ。

「し、失礼します……」

芯太は苦笑しながらベッドに腰かけ、野良猫をあやすようにお菓子のバラエティパックを目の前にぶら下げた。

「座って。その椅子を使って」

「はい……」

「あ、あと、僕のことは芯太って呼んで。蓮見さんじゃよそよそしいから」

「はい……えっ」

なりゆきで返事をしてしまった。だが、引き返せない。

――あぁっ、年上の男の人を名前呼びするとか、恥ずかしすぎて死にそう。

「わ、わかりました……じゃあ、芯太さんってお呼びしま……っ」

思わず手が震え、うつむいた。

「しかも憧れの『earth』のお名前を口にするなんて……感情が限界突破する……」

「晴ちゃん、心の声がだだ漏れだよ?」

「……っ!」

もう何も言うまいと心に決める。芯太がチョコレートの小袋を差し出してくれたので、それだけに集中することにした。丸いミルクチョコレートを口に含むと、気持ちが落ち着いてくる。

「さて。今日、君を呼んだのは歓迎会……と言いたいところなんだけど、僕のこの創作意欲を先に満たしておきたいので、お題の発表からしちゃおうかな」

「お題、ですか？」

「そう。謎の覆面声優としての練習みたいなもの」

晴はゴクンとチョコレートを飲み込んだ。それを見て、芯太がにこやかに続ける。

「新作までに晴ちゃんの声を鍛えてレベルアップさせるため、過去作で慣らしていく。やるからには、君にも本気でやってもらいたい……どうかな？」

小首をかしげて言う芯太。晴は全身を強張らせた。

本気でやる。生半可な気持ちでは認められない。当たり前だ。やるからには精一杯やる。何より大事な『earth』との共同製作なのだ。失敗は絶対にできない。

晴は目に力を込めた。

「頑張ります！」

「よし、その意気だ！」

芯太はうれしそうにうなずくと立ち上がり、晴の後ろにあるノートパソコンで、あらかじめ開いていたらしい動画を見せた。

「君にやってもらいたいのは、これ。前々回に作った【悲喜交交（ひきこもごも）】というタイトルの動画だよ」

　その動画はとてもよく覚えている。何度もリピートし、詞まで丸暗記したもの。晴は目を輝かせた。

「わたし、この動画好きです！　すごく好き！　この不思議な紫色がきれいで」

　それを窓の内側から見つめる少年が映る。やがて、彼はその窓を思い切り叩き壊して、外へ飛び出す。そう言えば、この少年にも色とりどりの翼が生えていた。

「これは、動画の【憧憬】と兄弟みたいなものでね。だから、色使いもほぼ同じだった。だからか【憧憬】は今までよりもちょっと伸びが悪くて」

　芯太は少しだけ悔やむように言った。そんな彼に、晴は思わず立ち上がって訴える。

「そんな！　前回の【憧憬】もすごくよかったです！　やっぱり兄弟だったんですね。そんな感じがしたんです。内側から外を眺める【悲喜交交】と外に飛び出す【憧憬】、たしかに色使いも同じで、繋がりがあるんだろうなって」

　そこまでひと息に言い、すぐさま我に返る。

　そんな晴に芯太はうれしそうに微笑んだ。

「やっぱり、すごいな。そこまで分析しないで、気楽に楽しんでもらえるだけで十分なのに」

「でも、『earth』の動画は何かを必死に伝えたい、そんな想いが込められていて、引き込まれちゃうんです」

「ありがとう」

そう返す彼の笑顔は、なんだかくすぐったそうだった。

「そう言えば、この動画もアフレコしてくれてたよね。今できるかな？」

「はい！」

晴は勢い込んで返事した。

「あ、でも間違えたくないから、台本見てもいいですか？」

「うん。お好きにどうぞ」

そう言いながら、彼は本棚からファイルを取り出した。同時に晴もスクールバッグからメモ帳を出す。

「ん？　もしかして、台本作ってきたの？」

「はい。だって、きちんとやらないと失礼だから」

当然のように言うと、彼は細い目を開いて驚いた。

「へぇ……ここまでくると、ファンを通り越して、たしかにストーカー的」

「えっ、す、すみません……！　気持ち悪いですよね……あはは」

咄嗟に乾いた笑いが口から飛び出す。

「いやいや。むしろうれしいというか。でも、引くというか。僕なんて、ろくにメモせずにパソコンに放り込みっぱなしだからさ」

　そんな裏話がポロッとこぼれ、晴は驚愕した。

「そうなんですか？」

「うん。だから、真剣に分析してくれるのはとてもうれしいことだよ。僕も君に本気でやってもらおうと思ったから細かく台本を作ってみたんだけど、いらなかったかな」

　そう言って芯太はファイルを本棚に戻す。晴は慌てて引き止めた。

「使わせてください！　『earth』の本音を知った上で演りたいから！」

「そう？　それなら、どうぞ」

　芯太は台本をファイルから取り出した。

　一分半の動画で詞もそう多くはないが、横にたくさんのメモが書かれている。自分のためにここまでしてくれた彼に晴は感謝し、パソコンの文書ソフトで作られた台本に目を通す。三枚にわたるＡ４用紙には、何度も録り直して見慣れた詞が連なっている。

　悲喜交交――テーマは現状への満足と不安。感情が行ったり来たりし、落ち着かない様子を表している。

　動画は真っ青な背景から始まり、美しい鏡面のような世界に一本の直線が引かれ、透明の文字が浮かび上がる。「3」と描かれた画面は、すぐに青に戻る。カウントが「2」に変わるが、またもや画面が青に戻る。一瞬だけ、少年の横顔が映る。

カウントが「1」になった途端、青い画面の上からドロッとした絵の具のような赤い色がゆっくりと落ちてくる。やがて、青は赤と混ざり合い鮮やかな紫色へ変わる。するど、交差する線が四角窓を作った。その中に少年がぼんやりと現れる。次の瞬間、画面が割れた。少年がコマ送りに窓を叩き割る。少年の口だけが笑い、そこで動画は終わる。

晴は目をつむり、呼吸を整えた。

――大丈夫。文字が浮かぶ〝間〟も覚えている。

「じゃあ、ここで一旦練習しようか」

そう言い、芯太は再びベッドに座った。晴は台本の横に書かれたメモを確認する。最後の詞(ことば)には赤字で『喜び』という指示が書かれていた。大事な場面なのだろう。

きゅっと口の端を結び、瞼(まぶた)をぐっと持ち上げる。スウッと息を吸い、自分の中で咀嚼(そしゃく)した詞(ことば)を紡ぎ出す。

「これは悲劇。僕は内側へこもりきり。まったく、この世界はくだらない」

嘲笑じみたセリフ。そして、感情は一気に下へ落ちていく。

「だが、果たしてそうだろうか」

冷静な言葉。うまく言えたかどうか心配になり、晴はちらりと台本を見た。

「この内側こそ、正しい世界。僕の世界……この世界はきっと美しい？　そう、僕の世界は美しい。これは喜劇――世界をひっくり返すための、序章だ」

思わず息が止まった。緊張で喉が震える。「ふぅ」と気を緩めて芯太を見ると、彼は困惑したように腕を組み、首をかしげていた。

「……あれ？　おかしいな。この前みたいな感情が、あんまりない」

そのダメ出しに、晴は両目をしばたたいた。やんわりと頬をぶたれた気分になる。

「なんだろうなぁ。なんか足りない。やっぱり、マイクの前でやってみる？　ヘッドホンで聞いたほうがきれいに聞こえるかな」

「そんなにダメでしたか……」

「うん。なんか、違う」

ズバッと言われ、晴は肩を落とした。

「あぁ、ごめん。はっきり言い過ぎた。いや、でも、本気でやるからにはダメ出しにも慣れてくれないと」

「ですよね……ガンバリマス」

萎縮しながら言うと、芯太が黙り込む。彼は何かを考えているようで、その間、晴も固唾（かたず）を呑んで待つ。やがて芯太は唸（うな）りながら言った。

「そうだな。この動画で重要なのは、ラストの『喜び』なんだ」

「喜び……」

晴は台本に目を落とした。赤字で書かれた「喜び」をじっと目に焼き付ける。

「序盤、少年は世界に絶望していた。でも自分の世界を受け入れていく。無機質な一分半に見えるかもしれないけど、ここには四つの感情がつまっているんだ」

「四つも？」

晴は無意識に「ほぉぉ」と声を上げる。そこまで読み取れていなかった。絶望から這(は)い上がっていく描写だと思っていたが、そんなにも複雑に感情が交差するとは。

これに芯太も表情を明るくする。

「一、絶望。二、不安。三、迷い。四、喜び。そう移り変わっていくんだよ」

彼は四本の指を立てながら言う。晴はまばたきせず、その指を真剣に見つめながらスクールバッグを引き寄せてペンケースを取り出した。

「メモします」

机を借りてさっそく台本のセリフに蛍光ペンを引いていくと、後ろから芯太がのぞき込んだ。後ろから詞(ことば)をひとつずつ指していく。

「ここが絶望。すべてを失って、希望も何もない状態。次の『だが』からは不安を表現するためにできる限り無機質に」

「はい」

「不安はここまで。自分自身への確認といった具合にね。次の詞から迷いへ移り変わる。声に揺らぎを持たせたい。それから、この『序章だ』のところで一気に喜びを放出する」

蛍光ペンで引いた箇所とその脇に細かいメモで台本が埋まっていく。改めて、晴はこの動画に込められたメッセージに感心した。先ほどのものはたしかに感情が足りない。

芯太は動画を再生し、何かを考えている。それを見ているうちに、晴はあることに気がついた。

「この動画、主人公の顔が見えないですよね……だからわからなかったのかも」

「ん？　あぁ、なるほど！」

晴のつぶやきに芯太がポンと手を打った。

「キャラというには物足りないくらい顔が描き込まれてないし、動画の切り替わりも速い。最後まで彼の心情は見えない……そうか、参考になる！」

芯太は感心するように言った。

「僕もこんなにダメ出ししてるけど、声の表現に関してはまったくの素人だから。台本も書き込みが足りなかったな。反省」

「そんなめっそうもない！」

「あははっ。いやぁ、晴ちゃんの分析能力はすごいな。いい刺激になる」

「いやいやいや……」

「まったく、凪のイラストももう少し表情がほしいよ。これは次の課題だな」

謙遜（けんそん）する晴の横で、芯太はひとりで納得し、うれしそうにうなずいた。

「じゃあ、もう一回やってみようか。今度は録（と）らせてほしいな。練習は何度でもやろう。納得のいく作品のために」

そう意気込むように芯太は言うと、すぐさま隣の収録部屋へ入っていく。晴もついていき、今度は四つのポイントをきちんと理解しようと頭の中で整理した。

『earth』の作品は基本的にシリアスだ。だからか「喜び」は難しい。ブツブツと口の中でつぶやくも、本当に「喜び」を表現できるのか不安になる。その不安が邪魔をして、感情が持ち上がらない。きっと、それが難しさの原因だ。

晴はマイクを前にして、息を吸った。

『よし、まずは気楽にやってみよう。一回で百点を目指さなくて大丈夫だからね。それじゃあ、スタート』

芯太の合図で晴は口を開いた。演じる。この動画が示す感情になりきる。

でも、やっぱりどこか違う。何度も繰り返すうち、喉に少し痛みを感じてきた。

「ふぅ」

深呼吸する。ちらっと芯太を見ると、彼は苦笑交じりにうなずいていた。

『晴ちゃん、大丈夫？　ちょっと休憩しようか』

そう言ってくれるが、彼が納得するものでないことはすぐに察した。

――どうして？　この前はできたのに。ううん、できてなかったのかも。でも、この前よりはきちんと理解してるつもりなのに。

静かになると気持ちが勝手に焦っていく。

「喜びって、なんだっけ……」

うれしい気持ち、ハイテンション、高揚。下がったと思ったら上がる、この感情の揺れが理解できない。

喜び、よろこび、よろこびよろこびよろこび――文字の意味もだんだんわからなくなっていく。脳内で点滅する文字が雪崩となって襲いかかり、頭が混乱してくる。

「晴ちゃん、晴ちゃん」

芯太が肩を叩いた。気づかぬうちに防音スペースに入ってきていた。

「今日はもうやめとこう。練習だから。焦ったら余計にうまくいかなくなる」

「はい……」

しかし、気持ちはまだ整理がつかない。まだ演じたい。もっとうまくできるようになりたい。その気持ちだけが前へ前へと押し出されるだけで、答えは見つからない。

「どうしたらいいんだろう……」

「うーん。そうだな……あ、そうだ。作者に聞いてみるってのはどう?」

彼は真面目に提案した。

「作者って、星川くんですか?」

「うん。ていうか凪って呼びなよ。そのほうが呼びやすいし」

晴はためらった。名前で呼ぶこともだが、凪に話しかけるというのは極めて危険な行為のように思える。玄関先で威嚇(いかく)されたことを思い出し、頭を抱えた。

「話してくれるでしょうか?」

「そこは僕も協力する」

芯太は笑顔で言うが、晴は不安なまま引きつった笑みを浮かべた。

3

凪の部屋へ行くと、芯太はノックもなしに部屋へ入った。その後ろでヒヤヒヤしながらのぞく。先日も見たが、凪の部屋はカラフルで圧巻だ。別世界に踏み込んだように思えてくる。

「大丈夫。こいつ、聞こえてないから」

芯太の言う通り、この前と同じく凪はヘッドホンをして作業していたから部屋に入っても気づかない。激しい洋楽のような音が漏れ聞こえてくる。机にかじりつく凪の背後からそっと様子を窺った。

そのとき、視界にふわりと一匹の蝶が舞い上がった――ような気がした。

「えっ？」

目をしばたたかせ、周囲を見回す。だが、凪の背中と芯太の顔があるだけで、蝶はどこにもいない。

もう一度、凪の手元を見る。液晶タブレットの中、細かい模様をペンで描いていく。拡大縮小を繰り返し、パレットから色を選んで画面の上に滑らせる。

美しい線画は鱗粉の細部まで描き込まれており、その中にもひとつひとつ色を置いていく。そんな途方もない作業を延々と繰り返している。

そのとき、蝶がまた画面から現れたような気がした。

凪がペンを叩くたび、鮮やかな色彩が一気にほとばしり、晴の横を通り過ぎる。蝶がいくつも増えていき、今にでも画面から飛んでくるような錯覚に陥ると、急激に肌が粟立った。

「う、わ……っ」

みるみるうちにこの画面へ吸い込まれていき、自分がどこに立っているのかわからなくなる。

「――晴ちゃん」

芯太に呼ばれ、晴は遅れて顔を上げた。凪の背中にくっつく勢いで画面に釘付けとなっていたのに気がつき、慌てて飛び退く。すると、ようやく凪がヘッドホンを取って息を吐き出した。

「変態」

凪の冷たい言葉に、晴はたちまちその場で固まる。

「おい、凪。そんな言い方はないだろ」

「だって、近すぎ。さすがに気づく」

芯太のたしなめにも凪はぶっきらぼうに返した。スマートフォンから流れていた洋楽を消すと漏れていた音が止む。途端に、別世界に思えていた部屋が凪の生活スペースに戻った。

晴は気まずくなり、顔をしかめた。

「あの、すごかった、です」

自分の語彙力のなさを恨めしく思いながら、つたなく言うと、凪が不審そうに眉をひそめた。

「未完成なんだけど」

「それでも！　どんどん色が増えて、蝶が生き生きして、動いているように見えた！」

「え、それ大丈夫？　目おかしいんじゃないか？」

「おかしくないよ！」

　思わず言い返す。すると横で芯太が噴き出し、顔を背けて笑った。

「ごめんっ……ふふっ、続けて」

「別に見せものじゃねぇんだが」

　すぐさま凪が不機嫌に言う。

「で、何？　俺の作業を邪魔しに来たんだから、冷やかしなら許さないぞ」

　すると芯太は飄々(ひょうひょう)とした顔で返した。

「晴ちゃんに【悲喜交交(ひきこもごも)】を演ってもらうことにしたからさ、作者に直接インタビューしようと思って」

「ちょ、芯太さん⁉　さっきの凪くんに相談せずに練習させてたんですか⁉」

　晴は挙動不審になった。瞬間、凪の眉が嫌そうにつり上がる。今にでもつかみかかりそうな形相(ぎょうそう)で凄(すご)んだ。

「誰が馴(な)れ馴(な)れしく呼んでいいっつった？」

「うわっ、ものすごい嫌がりよう」

　芯太が驚くも、その顔は笑っている。一方、晴は怯(おび)えてその場に固まっていると、凪が芯太のほうを向いた。

「芯太（おまえ）か。俺の許可なしにベラベラ勝手なこと言いやがって」

「ははっ、口が悪すぎて逆に笑えるな。晴ちゃん、これがこいつの本性だから。本気で怒ったらこうなる」

「そのようで……」

凪は椅子の背にもたれ、再び晴に目を向けた。じっと睨み上げるような目つきだが、どうやら言葉を促しているようだった。晴は思い切って彼に歩み寄った。

「【悲喜交交（ひきこもごも）】の最後が喜びだって芯太さんから聞いて……ほ、星川くんの意見が聞きたくて」

「ほぉぉ？」

凪は晴が持つ台本へ目を向けた。そして、冷たく鼻で笑う。

「おまえには無理だろ」

アドバイスしてくれるのかと思いきや一刀両断された。

「あれを理解するなんて普通の人間には無理。天地がひっくり返っても無理。空から槍（やり）が降っても無理」

「ちょっ、なんでそんなふうに言うの！」

「バカにはわからねぇからだ」

「バカじゃない！　すべてのファンに謝って！　あと、おまえって呼ばないで！」

「黙れ。俺がなんと呼ぼうと勝手だ。便宜上、使っているだけで他意はない。よって、おまえから拒否される筋合いはない」

「あーっ！　もうっ！」

晴は頬を膨らませた。返す言葉が思いつかず、ちょっぴり涙目になる。

それでも凪はせせら笑い、この状況を楽しんでいた。一方で芯太も壁を叩いて声を押し殺しながら笑っている。そろいもそろって性格に難ありだ。

「ひどい……憧れの『earth』がこんなに性格悪いなんて……」

「あれ？　それって、僕も入ってる？」

芯太が心外とばかりに言うので、晴は眉を吊り上げた。

「ごめん、ごめん。凪が人に言い返すのを見たことなくて、新鮮で楽しかったんだ。僕以外の他人に興味がないやつだからさ、僕にしか悪態つかないんだよね」

「おい、その言い方は語弊があるからやめろ。薄ら寒くて吐き気がする」

凪が唸るように言う。すると、芯太は笑顔のままでこめかみを動かした。

「え？　凪、その態度は何？　誰のおかげでここに住めてると思ってるのかな？」

「……さーせん」

凪は悔しそうに言う。芯太は満足げにうなずき、笑顔のまま晴の台本をひったくった。

「さて、凪。雑談はここまでにして、ちょっと協力してくれないか。やるなら本気でやりたい。それはおまえも同じ気持ちだろ？」

「え、うーん……うーん……？」

わざとらしく唸(うな)る凪。晴はふてくされてつぶやいた。

「嫌ならもういいです」

もう怒る気にもなれない。それよりも今は憧れが砕け散った心のケアが先決だ。

そんな晴の態度に芯太は「まぁまぁ」と優しくなだめた。それから彼は、ゆるゆると考えるように言う。

「よし、じゃあこれも課題だな」

晴は首をかしげ、凪も怪訝(けげん)そうに顔を上げる。

対し、芯太はポンと両手を合わせて不敵に微笑(ほほえ)んだ。

「君たちはとにかく仲良くすること。晴ちゃんは凪の作業を観察する。凪は晴ちゃんと話す。それを毎日やって」

「えぇっ⁉」

「できない？　本気でやるって言ったのに、できないの？」

そう言われると言葉が出ない。それは凪も同じらしく、口をパクパクさせていた。

そして晴と凪は牽制し合うように互いを見る。

　これに、芯太は芝居がかったように嘆いた。

「じゃあ、中途半端な動画でもいいんだね。そっか、残念だ。全世界のありとあらゆる人たちが凪と晴ちゃんのせいで悲しむな……これぞ悲劇。僕の夢もここで潰えるしかない」

「それはダメです！　やります！　なんでもやりますからぁ！」

　たまらず言うと、凪も同様にうなずく。なんだかんだ言って、動画のことになれば本気らしい。その一面が垣間見られ、晴のとがっていた感情が少しだけ丸くなる。

　すると芯太はニヤリとし、短く威厳たっぷりに言った。

「じゃあ、やって」

＊＊＊

　外はすっかり陽が暮れてしまい、晴は慌てて自宅に連絡を入れた。両親とも仕事で遅くなるので連絡がないのはいつものことだが、フリーターをしている姉からの着信は二件入っていた。

「あ、お姉ちゃん？　うん、ごめん。今日、バイトじゃなかったんだね……うん、だからごめんってば。友達とご飯食べて帰ってくるから遅くなる……」

早口で言うと、電話の向こうで姉の天音(あまね)が不機嫌そうに返した。

『気をつけるのよ！』

「はーい。また連絡するね」

慌ただしく切ると、背後から芯太が様子を窺っていた。

「大丈夫？」

「あ、はい。お姉ちゃんからです。今日は早く帰ってきたみたいだから心配してて」

「そうなんだ。妹思いのお姉さんだね」

晴は苦笑しながらスマートフォンをスカートのポケットに滑り込ませた。

「いいえ、普通ですよ。むしろ、お母さん二号みたいに口うるさいお姉ちゃんで」

「へぇー。いいなぁ。僕、ひとりっ子だからその感じがちょっとうらやましいよ」

「でも、星川くんがいますよ。弟みたいな」

「たしかに。あいつは僕の弟だね」

彼はくすぐったそうに笑った。芯太とはようやく打ち解けたものの、もう帰らなくてはと玄関を出る。すると、芯太も当然のように外に出てきた。

「今から本当にご飯でも食べに行く？」

「えっ」

「当然、奢（おご）るし」

「でも、星川くんは……」

「あいつはいいの。どうせ呼んでも来ないから。あ、デートじゃないからね。これはプロデューサーと覆面声優の親睦（しんぼく）会だから」

そう言われると、流されるようにうなずいてしまう。

芯太が機嫌よく門を出て、晴はその後ろをついていく。その際、ふと凪の部屋へ目を向けるも、電気がつけっぱなしでまだ作業中のようだ。しかし、なぜかカーテンが揺れていた。

「晴ちゃん、行こう」

芯太が笑顔で声をかけてくる。なんだか釈然としない晴は、おずおずと芯太のあとをついていった。

4

最寄りのバス停方面へ行き、ファミリーレストランへ入る。落ち着きのあるシックな雰囲気で、メニューは普段よく行く店よりも金額が高めのものばかりだった。

「あれ？　ここって、ジョイファミリーですか？」

「うん。高級ファミレスでおなじみのジョイファミリー」

看板をきちんと見るべきだった。緊張のあまり、足元しか見ていなかったことをすぐさま反省する。

「ドリンクバーつけようか。好きなの、どうぞ」

「え、でも……」

「お金は気にしないで。うち、金持ちだからさ、小遣いかなりもらってるんだ」

爽やかな笑顔で言われ、晴は静かにメニューへ目を落とした。

——なんとなくそんな気はしてましたけど……！

芯太の自宅は、かなり広くきれいな家。二階には動画製作に必要な部屋と機材まで完備されている。もともとは映画鑑賞用の部屋だったらしいが次第に物置と化し、防音性の高い部屋の性質を利用して芯太が改造したという。現在は父とふたりで音楽を作ったり、動画用の音を作ったりするために使っているらしい。いわゆる趣味部屋だ。

自分とは住む世界が違う。改めてそんなことを考えていると、芯太が貴族のように見えてきて変な緊張感に襲われた。

「晴ちゃん、決めた？」

声をかけられ、慌ててメニューに目を落とした。

「は、はい。デミグラスソースハンバーグをお願いします」

「チーズもかけていいよ？」

甘い誘惑に心が揺らぐ。

「……じゃあ、チーズも」

「スープもつける？　バゲットも」

「いえ、セットのライスだけで大丈夫です！」

あまりねだるとよくない気がした晴は強い口調で言った。

店員を呼び、芯太が軽やかに料理の注文をする。そのあと、ドリンクバーで晴はオレンジジュースを、芯太はメロンソーダをグラスに注いでテーブルに落ち着いた。意外と子どもっぽい芯太のセレクトにほっこりし、ようやく緊張が解ける。

「それじゃ、晴ちゃん。なんでも聞いていいよ。凪のこと、気になるでしょ」

芯太が優しく切り出す。

「あ……あぁ……バレてましたか」

晴は観念した。身を乗り出し、オレンジジュースに目を落としながら言う。

「わたし、仲良くできそうもないです。……本当は前から仲良くしたかったんですよ。でも、星川くんは周りを寄せ付けないし、美術のグループでも寝てばかりで友達が困ってて」

「あいつ、協調性って言葉を知らないからねぇ」

芯太はのんびりと言った。晴は苦笑いし、オレンジジュースを飲んでほっとひと息ついて続ける。

「どうしてあんなふうに振る舞うんですかね？　絵がうまくて賞も取って、それなのに内側にこもってばかりで。と思ったら、おうちではすごく横暴だし……内弁慶って感じ」

「わかる。なんか、なつかない猫って感じだよねー」

芯太は頬杖をつき、笑いながら言った。

「なつかない、猫……？」

晴は脳内で凪に猫耳をつけてみた。おそろしく似合わない。

──その表現、間違えてませんか……？

芯太はそのままの調子で軽やかに言う。

「いいとこの猫なのにさ、よその人が来ると威嚇して逃げちゃうの。ほんとはかまってもらいたいくせに素直になれないんだよね。ま、そこがかわいいんだけど。そう思わない？」

「お、思いません……」

「あらま。かなりトラウマになってるみたいだね。顔引きつってるよ」

「いいえ、トラウマってほどじゃ……でも、本当にそうなんですか？　かまってほしそうには思えないです」

あの冷笑を思い出すと気が遠くなる。それに猫というよりも、あれはまるで――

「思ったよりも強い静電気じゃないですか？　バチッとくるやつ」

迷いながら言うと、芯太は口を押さえて思い切り噴き出した。

「いい！　それいいねぇ！　今度、動画の中で使わせてよ！」

「えぇ⁉　そんな軽々しく採用しないでください！」

こっちは真剣に相談しているのに、芯太は終始笑ってばかりだ。しかし晴もその笑い声につられてしまい、悩みがだんだんちっぽけに思えてくる。

そうしてひとしきり笑い、気が済んだところで芯太はため息を天井に投げた。

「はぁ……僕と晴ちゃんは仲良くできそうなのになぁ。凪ももっと他人と関わるべきなんだよ」

「ですね……心を開いてほしいな」

もどかしく言うと、芯太は申し訳なさそうに笑った。

「まぁ、そういう感じで晴ちゃんには申し訳ないけど、あいつの心を開くためにちょっと協力してくれないかな？」

突然の提案に晴は困惑した。オレンジジュースに目を落とし、気まずくなっていく。

薄々感じているが、凪が親元を離れて幼馴染みの家に住んでいるということは、よほどの問題を抱えているはずだ。そう考えていると、芯太も察したのか、メロンソーダを見つめながら重たそうに口を開いた。

「なんとなく察しているとは思うけど……結論から言うと、凪は家族とうまくいかなかった。だから、うちで面倒を見ているわけ」

「あ……そうなんですね」

予感していた重さだったが、言葉にされるとどうにも気落ちし、しゅんとうなだれる。そんな晴に芯太は優しく言った。

「人間関係の入口って、家族だと僕は思うんだよね。でも、凪は生まれたときからうまくいかなかったんだ」

「生まれたときから？」

晴は訝しく思い、顔を上げて眉をひそめた。芯太の口は笑っているものの、目には寂しさを浮かべている。

「凪は双子だったんだ。弟がいた。でも、弟は生まれつき体が弱くて、入退院を繰り返し――二年前に亡くなったんだ」

晴は息を止めた。その言葉だけで、空気がミシミシと音を立てるような軋みを感じる。

「凪の両親は弟にかまいきりで、凪のことはほったらかし。弟は要領がよくて愛嬌もあったけど、凪のほうは絵以外では目立たないし、よく怒られてたみたいで……。弟が亡くなってから、凪の家族はすごくつらそうだった。ずっと立ち直れてない」

想像を遥かに超えた凪の生い立ちをこんなにもあっさりと語られ、心の整理がつかない。それに、知った以上は凪に気を使ってしまうだろう。なんとも言えない虚(むな)しさを感じる晴に対し、芯太は妙に明るく笑った。

「そうだねぇ、気を使うよねぇ。でも、自然に接してほしいな。ああやって、悪態つくのでもいいから凪と話してほしい。あいつがあんなに他人に興味を持つのはこの二年間で初めてのことなんだ」

そして、彼は真面目に口を結んで頭を下げた。

「だから、お願いします」

そんなふうに言われたら逃げられない。晴はゆっくり考えた。しかし、答えはひとつしかなかった。

「……努力、します」

答えながら、ふと凪の言葉を思い出す。

——そいつは誘惑の悪魔だから。

芯太はそんな人じゃないと思うが、なんとなく凪の言うこともわかる気がする。こうして逃げられない状況を作るのがうまく、あっという間に口を塞がれてしまうのだ。

ずるい人だな、と思った。

「でも、なんでわたしなんですか?」

凪に興味を持たれているという自覚はない。気になって訊ねると、芯太はあっさり答えた。

「そりゃ、逸材だからさ。凪の同級生だし、『earth』の熱狂的なファンだし、それに声がいい。こんな逸材を逃すなんてバカのやること。愚かすぎる」

「あー……」

晴は頭を抱えた。要するに、とても都合のいい人物だということだった。

「晴ちゃん、あいつの絵、好きでしょ?」

芯太がおどけて聞く。その問いに、晴はクンッと顔を上げて身を乗り出した。

「もちろんです」

「じゃあ、大丈夫。君はきっと、あいつのことも好きになれる」

「えぇ……いやいやいや、それは……ないですねぇ」

全力で否定すると、芯太は唇をへの字に曲げた。不服そうだ。

「別に、恋をしろとは言ってないよ。ひとりの人間として好きになってほしいな」

「まぁ、それなら……努力します。保証はできません」

凪の横暴さを思い出すと、無性に腹が立つのは素直な感情だった。「無理」だと頭ごなしに言う凪を即刻脳内から追い出す。

いつか、凪を見返そう。彼のことなどもう凪で十分だ。これからは嫌がられてもいいから馴れ馴れしく呼び捨てにする。

「お、燃えてるね。目に力が入った」

「実況しないでください！」

すぐさま噛み付くと、芯太はおどけるように口の端を伸ばした。

「んじゃ、凪の連絡先を教えてあげよう」

「へ？　いや、それは……」

「嫌なの？　仲良くするって約束したのに？」

芯太の笑顔は圧が強くて逆らえない。晴は、やはり流されるようにスマートフォンを出す。

「素直でよろしい」

芯太が満足そうに言うので、晴は悔しく足をバタバタさせた。

「別に、連絡先知りたいから教えてもらうわけじゃないですからね！」

「はいはい。そういうことにしといてあげるから」

もう何を言っても、からかわれるのだろう。晴はおとなしく凪の連絡先をスマートフォンに登録した。

「お待たせしましたー」

割り込むように店員がやってきて、頼んだ料理をテーブルに並べていく。デミグラスソースハンバーグのチーズのせが目の前に置かれ、おいしそうな匂いが鼻腔に届く。芯太のほうはチキンステーキで、真っ赤なトマトソースが食欲をそそる。ふたりのお腹が一斉に「ぐぅぅぅ」と唸りを上げた。

晴は芯太にならい、ナイフとフォークを掴んだ。その際、彼はつぶやくように言う。

「ま、君らは共鳴するさ。絶対に」

そして、何事もなくチキンステーキをカットし、口に放り込む。

「うーん、最高にうまい」

あまりに美味しそうに食べるから、晴ももう何も考えずにハンバーグを頬張った。高級ファミレスのハンバーグは熱々で、ほろほろと崩れる合挽き肉が柔らかい。思わず「おふぅ」と声を漏らした。

豪華な夕食をごちそうになり、結局バスに乗って家の前まで送ってもらった。

「ただいま」

家に入るとリビングのドアが開けっ放しになっていて、テレビの音が漏れて聞こえる。リビングのソファで、五つ歳上の姉、天音がバスタオルを首にかけてこちらをじっとりと見ていた。化粧を取ってさっぱりとした顔は晴とは反対に吊り目で、ツンとした顔つき。

　天音は缶チューハイをすすりながら怒気を含ませるように短く言った。

「連絡」

「あ、ごめん……忘れてた」

「まったくもう、それくらいちゃんとやって」

　すかさず小言を言われ、晴は顔をムッとさせた。そのまま部屋に上がろうとすると、天音の声だけが後ろから追いかけてきた。

「お風呂、さっさと入んなさいよー」

「わかってる！」

　いつまでも子ども扱いする姉の言動が本当に腹立たしい。すぐに反抗心が芽生え、強い口調で返してしまう。

　晴は自分の部屋の電気をつけ、雑多なベッドに制服のまま身を投げた。淡い紫色のシーツと布団に顔をうずめる。

　うまく丸め込まれてしまったが、ともかく覆面声優と凪の友達という役目をもらった以上、本気でやるしかない。練習しなければ。

「喜び……」

　口の中で反復する。

喜びの表現なんて、意識すればするほど余計に滑稽に思えてくる。こういうのは、与えられてこそ降って湧いてくるものだ。どうして「絶望」の淵から「喜び」を六音で表現しなくてはいけないのだろう。

「凪は、どうして喜んだの……？」

その問いに行き着くと同時に、芯太からの課題を思い出す。むくりと起き上がり、晴は脱力して頭を抱えた。

「あぁ、だから仲良くしなくちゃいけないのか……」

作者である凪の心を知るために。

こういうとき、連絡をしてみてもいいのだろうか。アドレス帳を開き、自然と凪の名前を探す。なんだか、これを見るだけで奇妙な気分になった。浮かれているような、恥ずかしいような、形容しがたい感情だ。

「って、何考えてんだろ、わたし……やめやめ！　急に連絡したらそれこそ、勘違いすんな、とか言われそうだし！」

凪の辛辣な口調を真似してみると、なんだか愉快だったので思わず笑った。

5

晴を家まで送ったあと、芯太はひとりで静かな町を歩いていた。一歩ずつ自宅に近づくたび、懐古の海へ潜り込むような感覚になり、二年前の悲劇を思い出す――

　あれは高校二年のとき、凪は中学三年生だった。学校帰り、制服姿のままで芯太は家主の了承も得ず、強引に凪の部屋へ向かった。勝手知ったる家だったが、ここしばらくは玄関先で門前払いを食らっていたので、それゆえの強行突破だった。

『芯太くん、もういいから。お願いだから、あの子にかまわないで』

　凪の母親が追いすがってくる。それに対し、芯太は冷たく笑った。

『いや、何がいいの？　何もよくないと思うよ。あいつ、あれからずっと学校にも行ってないんでしょ？』

　そうイライラと言い、部屋の戸をノックする。

『おーい、凪ぃー。いるんだろー？　出てこいよー。心配なんだって、いつも言ってるだろ』

　なるべく普段のように優しく言うが、部屋の向こうは静かだ。その静寂が嫌な予感を募らせる。ドアに鍵はかかっていないので、思い切ってドアノブを回した。すると、凪の母が芯太の手首を掴んだ。

『やめて！』

『おばさん、やっぱりなんか見られたくないことがあるんだ。でなきゃ、そんな必死に拒否しないし。大丈夫だって。僕、口は固いほうだから』

そう言い、無理やり押し入る。

ドアを開け放つと、最初に飛び込んできたのはベッド、それから机。平凡な男子中学生の部屋にありそうな家具があり、そのすべてに絵の具かインクか判然としないが、あらゆる色がぶちまけられていた。そんな亜空間に舞い上がるのは、傷をつけた布団から飛び出す羽毛。

その向こう側にある開いた窓縁に立ち、左手でカーテンレールを掴んで一心不乱に天井へペンを走らせる凪がいた。

『凪……』

想像を超える光景に、無意識に名前を呼んでいた。意味不明な幾何学模様が描かれた壁は元の色が見えない。

『芯太兄ちゃん』

凪はかすれた声で芯太を見た。そして、ゆるゆると窓縁に座る。カーテンが柔らかにそよぐのがあまりにも不気味で、背筋が凍った。

『ねぇ、紙ある？』

『……え？』

『レポート用紙でも教科書でもなんでもいいからさ。母さんがもう俺に紙をくれないんだよ……やっぱり天井までくると首が痛くなるよね』

　そう言い、凪は脈絡なくクックッと笑った。

　床にはゴミと鉛筆、筆などが散乱している。開けっ放しのインクペンは乾いていて使い物にならなそうだ。とにかくまずはこの状況をどうにかしないと――

『……凪、そこから降りろ』

『はぁ？　大丈夫だって。ここから落ちても、別に死にゃしない』

　そう言い、凪は芯太の奥で呆然（ぼうぜん）と立ちすくむ母親を睨んだ。

『だろ、母さん？』

　芯太はおそるおそる振り返った。母親は顔を覆っている。泣いているのか嘆いているのかわからないが、ひどく疲れている様子だ。

　芯太は想像した。この親子がうまくいっていないということは知っていたが、この母親が息子に対し『そこから落ちても死なない』などと口走ったのだろう。だから凪は今、飛び降りようとしているのか。どうしてそうなってしまったのか――？

　ふいに凪はおもしろがるように背筋を伸ばした。色をぶちまけた部屋の窓から、凪がふわりと身を投げる。その瞬間、芯太は凪の右足を掴んでいた。無我夢中で部屋へ引きずり戻す。

　地上まで三メートルほど。このまま落ちても怪我で済むかもしれない。でも、打ちどころが悪かったら、手を怪我してしまったら、動けなくなってしまったら――嫌な考えを振り払い、必死に凪を引っ張り上げる。

気がつけば、ふたりで床に転がっていた。凪は床に伏して背中をさすっている。窓縁で背中を削ったのかもしれない。

芯太は全力疾走したあとのように呼吸を乱していた。人間ひとりを引っ張り上げたせいで、腕がちぎれそうに痛い。やがて、ふつふつと怒りが滾った。

『おい、凪！　おまえ、何考えてるんだよ！　ふざけんなっ！』

痛む腕にかまうことなく怒りに任せて、つかみかかる。しかし、凪は無反応だった。だから余計に怒りが湧く。胸の内側がドロドロと熱し、頭に血が上った。

『こんなことして快がどう思う!?　なぁ！　快は生きたかったのに、おまえがそんなでどうするんだよ！』

これでは凪の弟、快が浮かばれない。慕っていた兄が死にたがるなんて、快は絶対に悲しむ。そう思っての言葉だった。

すると、凪は唐突に噴き出して笑った。

『快がどう思う？　そんなの知るかよ。死人に口なしだろ。あいつはなんにも思わねぇし、なんにも言わねぇ。死んだんだから』

『おまえっ――』

『あー、芯太兄ちゃんもそんなふうに言うんだね。まぁ、そうだよな……だって、俺は別にいなくてもいいからな……生きてるのに』

上げそうになった手が止まる。急激に頭が冷めた。

『凪……』

凪は顔を歪めて笑っていた。その目に光はない。真っ黒なくまが痛々しい。

『生きてるのにさ……誰も見てくれないんだ。だったら、いいだろ。もう、ほっといてよ。頼むから。好きにさせてよ』

その声がかすれていく。笑いながら苦しそうに泣いている。弟のようにかわいがってきた凪の顔を、芯太はまともに見られない。掴んだ襟を離して、後ずさる。

『ごめん……』

そう言えたかどうかも怪しい。覚えていない。

最悪なことを言った。もう二度と取り消すことはできない。よりにもよって、薄寒いきれいごとを乱暴に投げつけてしまった。

いたたまれず、その場から逃げ出しても凪の涙が鮮烈に網膜へ焼き付いて離れない。

芯太は懐古の海から這い上がった。真っ暗な天空を眺め、重いため息を吐き出す。

絶対に許してもらえないのはわかっている。だから、こうして罪滅ぼしをしている。

そんなことまでは晴に言えるはずがない。

　早足で家へ戻り、顔を整えるように軽く叩き、笑顔を作った。

「ただいまーっ！」

　二階に向かってひときわ大きく声をかけると、リビングから凪が顔を出してきた。

「うるさい」

「おぉ、そっちにいたのか。母さん、帰ってきた？」

「うん。今、お風呂」

「そっか。父さんは……まだだな」

　庭のガレージに父の車がなかったのを思い出す。接待のゴルフから飲み会という流れだろうと推測した。凪はもうリビングへ引っ込んでおり、ソファでカップアイスを食べている。

「ちゃんと飯食ったのか？」

「食った。焼きそばだった」

「えー、マジか。焼きそばかぁ。そっちのほうがよかったかも」

「まだ残ってるよ」

　凪はそっけなく言い、テレビをつけた。芯太はテーブルに置かれた焼きそばの皿を見た。まだ温かい。

「母さんの焼きそばは宇宙一うまいからなぁ」

そう大げさに言い、ラップを取って焼きそばの皿をソファまで持っていく。すると、凪はぼんやり「うん」と返してくれる。

「うまかった。宇宙一だった」

「そうだろう、そうだろう」

「いや、なんで芯太兄ちゃんが得意げなんだよ。おまえが作ったんじゃないだろ」

そのツッコミは的確だったので、芯太は「あははは」と声を上げて笑った。

「ねぇ、凪……さっきカーテンから晴ちゃんのこと、見てただろ」

晴を見送る際のことを聞いてみる。凪は「あぁ」と戸惑う素振りもなく、あっさりうなずいた。スプーンでアイスをすくい、パクパク食べている。

「芯太兄ちゃんが中崎に変なことを吹き込まないか見張ってたんだよ」

「あぁ、それならファミレスで言っちゃったよ。快の話。さらっと、さわりだけでも教えとこうと思って。ここまで関わる以上は、前置きが必要だからな」

なんとなく言い訳っぽくなりながら、芯太は焼きそばを口に運んだ。凪はワンテンポ遅れて「ふーん」と言った。そして、何やらクックッと笑う。

「あいつ、引いてただろ」

「引いてたね。そりゃ、ドン引きだろ。でも、逃げずに向き合ってくれそうだよね。

晴ちゃんって、すごくいい子。頑張り屋だし、ただのミーハーじゃないし」

「ベタ褒めキモい」

凪は心底呆れたように低い声で言った。そして、自嘲気味に笑った。

「はぁ……兄ちゃんの夢のために、また犠牲者が出るんだな……中崎、ドンマイ。骨くらいは拾ってやる」

「おいおい、人聞き悪いことを言うな。おまえだって、晴ちゃんの声を聞いてうれしかったんだろ？　もしかすると、あの子は凪を理解してくれるかもしれないじゃん」

芯太も苦笑しながら言うと、凪は「んー」と天井を仰いだ。あまり表情に出さないからわかりづらい。そう思っていると、凪がぽつりと言った。

「あいつ、気持ち悪いくらい目がいいんだ。すげぇよ。細かいところまでよく見てる」

いつもの悪態ではあるが、声にはどこか安らぎがある。

「……まぁ、頑張るやつは嫌いじゃない」

凪は傲然と言い放ち、締めくくった。

その物言いに芯太は呆れて「はいはい」と軽い返事をする。そしておもむろにスマートフォンを出し、トーク画面を開いた。

「何してんの？」

気になったのか、凪がようやくこちらに目を向けてくる。

「何って、晴ちゃんと僕と凪でグループトークできるように登録してる」

「はぁ？　そんなの頼んでねぇ」

「僕が必要だと思ったからそうしてるだけだよ」

茶化して言うと、凪はしばらく口をパクパク開いて閉じた。しかし、言い返す言葉が見つからないようで、ムスッと顔をしかめてしまう。

「まぁまぁ。何かあったときのためだよ。おまえだって、あの子が僕と裏でコソコソ話してると思うと気が散るだろ」

そう言って、何気なく部屋の隅にあるコンセントを見遣る。その視線に気づいたのか、凪の顔が罪悪感を帯びた。

「そんなわけで、はい。登録しといたからね。ちゃんと参加するように。これもおまえへの課題だよ」

そう言ってスマートフォンをテーブルに置き、焼きそばを口に放り込む。

一方、凪はしかめっ面でアイスを食べていた。そして、何やら思い立ったように言う。

「たしかに、ここまで関わった以上は目をつけておかなきゃな」

「目をつける？」

不審に思い問うと、凪は不敵に笑った。

「あいつが外で変なこと言わないか、見張る必要がある」

凪のひねくれた解釈ぶりに、芯太は顔を引きつらせた。この選択が果たして正解だったのか、わずかに心が揺らいでしまい、不安を覚える。

「……まぁ、頑張って」

苦笑交じりにそれだけ言うと、凪は「うん」とうなずいて、アイスをかき込んだ。

6

翌日。晴は凪を意識することなく、なるべく自然に学校生活を送ろうと考えた。

不用意に話しかけないでおくほうがいいと思ったのは、彼の特殊な生い立ちと性格を考慮した結果だ。また、滅多に関わりのない者同士が学校で急に親しくなるのは不自然だろう。

だから、まさか凪が昼休みに席までやってくるとは思わなかった。

凪が晴の真ん前に立ち、昼食を誘いに来た陽色がその場で固まり、周囲の生徒たちもざわついた。

「え、な、何……？」

無言の圧を向ける凪に、晴は気まずさと居心地の悪さを感じる。こめかみから冷や汗が伝うのがわかった。

——わたし、何かしましたか……？

「晴ー、ご飯食べよう」

陽色が凪の背後から顔をのぞかせて言う。そして、不審感たっぷりに凪を睨んだ。

「邪魔なんだけど」

刺々しい陽色の声に晴はますます気まずくなる。すると、凪は無言のまま陽色を一瞥して自席に戻った。

「……何あいつ。怖いっ！　暗いっ！　意味わかんないっ！」

陽色が凪に聞こえるほど大きな声で言う。晴も同感で、激しくうなずいた。

「うん。ほんと、怖かった」

「晴、なんかしたの？」

「いや、何もしてないと思う……多分」

しどろもどろに答えながら、そっと凪の様子を窺う。彼はもうこちらに興味を示さないようで、ツーンと自席の窓から外を眺めていた。

だが、目を離すと視線を感じるようになる。授業中も体育も移動教室もじっとりとした視線を背中に感じ、晴は挙動不審に振り返る。その先には必ず凪がいた。

もしかして、以前のように『earth』を口に出さないよう見張っているのか。必死で「言いません」とアピールをするが、凪の視線は途切れることがない。

そして、美術の時間がやってくる。陽色の機嫌が悪く、凪もあいかわらず何を考えているかわからない。関係のない生徒まで重苦しそうに顔を引きつらせているので、晴はいたたまれなかった。

「じゃ、デザイン決まったし、とりあえずやるか……」

気を使うように他の男子が指揮を取る。陽色が動かなければ誰も動かないのがこのグループの特徴で、課題の進みが悪い。晴は逃げるように他の女子たちと一緒に道具の準備をしようと、粘土やヘラを取りに向かった。すると凪も動き出し、なぜか後ろをついてくる。

——だから、なんでこっちに来るの！

机に頬杖をついてつまらなそうにラフ画を見ている陽色のもとへ、晴は急いで道具を渡しに行く。席に戻ると、自分の道具を持ってきた凪も戻ってきた。

「ねぇ、晴。いつからそんな背後霊を従えるようになったの？」

陽色が心底嫌そうに言う。

「わたしにもわかんない」

助けを求めるように言うと、後ろで凪が声をかけてきた。

「中崎——」

その場にいた全員がざわついた。あの星川凪がクラスメイトの名前を呼んだと。そんな周囲にかまわず、凪は不思議そうに目を丸くした。

「えっ？　おまえ、中崎だろ？」

その素っ頓狂な問いに、晴はさらに口元を引きつらせる。

「ハイ、中崎デス」

「なんでカタコト……まぁ、いいや。おまえ、髪にゴミがついてるぞ」

そう言われ、晴は慌てて自分の髪の毛を触った。毛先に埃が絡まっており、すぐさまつまんで払いのける。すると、凪は無愛想に言った。

「粘土にくっついたら嫌じゃん。気をつけろ」

「はい、すみません」

ついかしこまって謝ると、凪は少しだけ口角を上げた。すぐに顔をそらして席につく。すると、もう何もしないとばかりに机に突っ伏した。

「はぁっ？」

すかさず陽色の怒号が飛び、全員の目がこちらへ注目する。

「仲良くしろよー」

吉野先生の投げやりな声が届くが、晴たち班員はぎくしゃくしたまま時間だけが過ぎていった。

放課後、陽色の機嫌はまだ尾を引いていた。

「あいつ、なんで進級できたんだろ」

運が悪く、バス停に凪もいるのでヒヤヒヤする。横目で列の後ろにいる凪を見ながら、晴はひそやかに聞いた。

「あいつって……?」

「あいつよ、星川凪。晴の背後霊!」

「ちょっ、やめて、背後霊じゃないから!」

聞かれるのはまずい。しかし、凪はイヤホンをしてタブレットを見ていたので、晴はほっと胸をなで下ろした。一方、凪が近くにいることに気づかない陽色はさらに声高に言った。

「絵が描けるかなんだか知らないけどさぁ。他人に迷惑ばっかりかけて、なんとも思わないのかなー。ほんと、そういうやつ無理。あいつがモテる意味もわかんない。知ってる? 一部でちょっと人気なの」

「えっと……じ、実はかなり成績がいいとか、実は努力家とか、そういう一面があるのかもしれないよ」

晴は目をそらしながら言った。

「顔はいいかもだけどさ、あいつの成績、下の下だからね。赤点ばっかりだったたって担任から聞いたよ」

　そうやって決めつけるの、なんだか嫌だなぁとは思うけれど、陽色に言い返す度胸なんてない。モヤモヤしたまま黙り込んだ。

「とにかく気をつけなよ。なんかあいつ、晴に目をつけてるっぽいし。何かされたら絶対に私に言うこと。いいね」

「うん……」

　言えない。今から彼の部屋に行って話さなくてはいけないなど、言えるはずがない。

　そのとき、ちょうどバスが停まった。凪がさっさと乗り込んでいく。晴は陽色に手を振り、凪のあとを追いかけた。陽色も手を振り返し、自転車にまたがる。そんな彼女の後ろ姿をろくに見送らず、晴はすぐさま凪が座る最前席まで向かった。

「ちょっと、凪」

　声をかけるも、彼は画面に集中していて聞こえていない。タブレットをつつくと、凪が驚いたようにこちらを見た。

「いたのか」

「いたよ。て言うか、陽色の悪口も全然聞こえてないし、ちょっとは気にしたらどう？」

「なんで悪口を言うやつのことを気にしなきゃいけないんだ。俺は心が弱いんだから、そんなのを聞いたら死んじゃうだろ」

「それ、自分で言う⁉」

思わず強めに言うが、すぐに口をつぐむ。昨日、芯太から聞いた話がよぎり、自分の無神経さに嫌気が差した。

「……ごめん」

「なんで謝る？」

「えっと、なんとなく」

「はぁ？　なんとなくで謝罪するな。意味わかんねぇ」

ピシャリと言われ、晴は頬を膨らませた。すると、凪は怒りをさらに煽るように晴を手で追い払う。

「とにかく、今日のノルマは達成した。だから、もう話しかけんな。あっち行け」

「ノルマ？」

「そう。昨日、芯太兄ちゃんから言われただろ。おまえと話すって。学校で一回話したし、今も話した。今日のぶんは終わり。だから、家に来ても話しかけるなよ」

涼しい顔で笑う凪。晴は我慢できず憤慨した。

「なんでそんなの勝手に決めるの？　ていうか、凪って壊滅的に空気読めないよね！

学校で話しかけてくるって、それこそ意味わかんないんですけど！」

「空気は読むものじゃない。吸うものだ」

「ああ言えばこう言う！」

「ていうか、おまえ、うるさいんだけど。バスの中ではしゃぐな」

凪は唇に指を押し当てて言った。周囲を見遣ると、厳しい顔つきをしたお年寄りたちがこちらをじっと見つめている。

「あ、ごめんなさい……」

我に返った晴は縮こまって黙り込んだ。すると凪は小馬鹿にしたように笑い、イヤホンをしながら言う。

「他人に空気読めとか言う前に、自分が空気読め。バーカ」

晴は涙目で睨んだが、凪はもう自分の世界へ戻っている。タブレットには描きかけの線画があった。

後方の空いた席に座りながら、晴は凪の背中をぼんやり見つめる。つい数日前までは、こうしてただ眺めているだけだった。

彼はこのわずかな時間でさえも惜しむように絵を描いている。ひたむきに世界を紡ぎ出す彼は、悔しいがかっこいい。

——仲良くするにはどうしたらいいいんだろ。

話をするのが手っ取り早いだろう。そう考えたら、今日の凪のあの意味不明な行動もすべて、彼なりに歩み寄ろうとしていた表れか。それに比べて自分は何もせず、むしろ隠そうとしていた。偉そうなことを言う筋合いはない。

「……ダメだなぁ、わたし」

口に出したところで、この気持ちは晴れそうもなかった。

今日こそは収録も終わらせて、次のステップに進みたい。そして、凪と仲良くする。これが今日の目標だ。晴は頬を揉んで気合を入れた。

そうこうしているうちにバスは蓮見家の最寄りまでたどり着く。凪は慌ててタブレットをカバンに押し込み、バスを降りた。晴もその後ろをついていく。

「ねぇ、凪」

「あ、そうだ」

同時にふたりで声を上げる。凪はくるりと振り返って晴を見た。どうやら主導権を渡す気はないらしく、凪が先に口を開く。

「晴と日青どっちがいい？」

「はい？」

何を問われているのかがわからず首をかしげると、凪はイライラした様子で頭を掻(か)いた。

「呼び方。どっちがいい？」

「え、呼ぶの？　馴れ馴れしく呼ぶの？」

「だって、おまえも俺のことを凪って呼ぶ。たしかに星川よりも二文字少ないし、呼びやすい。効率的」

名前を呼び合うのに効率を重視するなんて。晴は不貞腐れて言った。

「日青はダメ。友達にもアカウント教えてないし……」

「じゃあ、晴だな」

そう呼ばれると、妙にむず痒い。男子の名前を呼ぶことも、こうして呼び捨てにされることもなかった。恥ずかしくなり顔が熱くなる。しかし、この気持ちを悟られるわけにいかず、晴は不機嫌な声で言った。

「でも、学校では呼ばないで。わたしも学校では呼ばないから」

すると、凪は腕を組んだ。何かいたずらを思いついたかのように唇をめくって笑う。

「よし、それじゃあ学校でも晴って呼ぼう」

「なんで⁉　嫌がってるんだからやめてよ！」

「だって、晴も俺が嫌がることやってるし。お互い様」

そうして凪は機嫌よく坂をのぼっていった。置き去りにされては癪だ。晴も大股で彼の背中を追いかける。

「ねえ、もしかして、学校で話しかけたのも家で話す手間を省くため？　効率的だと思ったから？　それとも単純に嫌がらせ？」

「おぉ、鋭いな。全部」

「はぁぁーっ？　もうほんっと、性格悪い！」

反省したのがバカらしく思えてくる。そんな晴に対し、凪はからかうように続けた。

「ついでに言えば、おまえの髪にゴミをくっつけたのは俺だ」

「なお悪い！　やってること、小学生じゃん！」

バスの中で反省していた時間を返してほしい。晴は心の中で地団駄を踏んだ。

そのとき、凪の背中が急に止まった。危うくぶつかりそうになる。

「どうしたの？」

「あいつ、誰だ？」

凪が指をさして言う。晴は目を凝らして道の向こうを見た。バルーンスカートのようなチュニックを着た、横へ毛先を跳ねさせた髪型の女性が木陰からじっと蓮見家を見つめている。

「ファンかな？　まさか、特定された？」

晴は思いついたことを言ってみた。

「冗談じゃない。『earth』は個人情報を出してないし、顔出しもしてない。それにおまえみたいな変態がそうホイホイいてたまるか」

　凪の厳しい口ぶりに晴は呆れた。

「いちいち悪態をつかなきゃ息できないの？」

「うるさい。それよりも、あいつをなんとかしろ」

「なんでわたしが！」

　抗議するも凪はサッと晴の後ろに隠れてしまった。そして、ボソボソ言う。

「もしかすると、芯太兄ちゃん、新しい声優を連れてきたんじゃないか？　おまえの声が使えないから」

　そんなことは考えたくない。晴は素早く頭を回転させた。

「もしかしたら芯太さんの彼女、かもしれないよ？」

「えっ？」

　今度は凪が驚いた。たちまち動揺するように目が泳ぐ。

「まさか、芯太兄ちゃんはそんな……いや、そんなやつだった……！」

　そう言えば、芯太も『昔は女の子もよく出入りしていた』と漏らしていた。過去に何があったのか詳しく問いつめたいところだが、ここで立ち止まっている場合ではない。凪に押されるうち、晴は仕方なくその女性に近づいた。

「あ、あのぅ……」

声をかけると、彼女は大きな目をこちらに向けた。ぷっくりした唇はつややかで、まるでリンゴのよう。両目をしばたたかせて晴を見つめる。

「あっ！　あなた、芯太の彼女⁉」

「はいっ⁉」

思わぬ言葉に固まる。

「だって、そうでしょ！　昨日の夜、ジョイファミリーでデートしてたもん！　はっはーん、芯太ってば女子高生が好きなのか。ってことは私、無理では。あ、でもでも年下好きってことは、私が留年すれば……」

ひとりで落ち込み、ひとりで納得し、ひとりで解決している。とにかくテンションについていけない。晴はおずおずと聞いた。

「あの、あなたは誰ですか？」

「私は隅川(すみかわ)ゆらぎ。芯太と同じ大学で同期！」

そう言ってゆらぎは悔しそうにため息をつき、自嘲気味に笑った。

「はー……しんどっ。まったく、恋ってのは儚(はかな)いものね。でも、どうしよ。好きすぎてつらい」

「ちょっと待ってください。まだ失恋したわけじゃないですよ！　わたし、本当に芯太さんとはなんでもないので！」

「『芯太さん』って！　そんないじらしい呼び方してんの？　はぁー、かわいい……声もかわいいしさぁ、初々しい。すっぴんでもかわいいってなんなの。絶対勝てっこないわぁ」

　そして、彼女は肩を震わせてさめざめと泣き出した。

　晴はどうしたらいいかわからず、立ち尽くした。

　これは芯太本人がどうにかしないと事態が収まらない。芯太の同級生ということは大学一年生なんだろう。友達だろうか。もしくはもっと親しい間柄か。家を知っていて、さらには昨夜の夕食の場面も知っている。どこかで見ていたのは間違いない。

「ストーカーだ」

　後ろで凪が言った。実は晴も同じことを考えていたが、口にするのは気が引けた。

　そのとき、ゆらぎがハッとした。顔を引きつらせ、晴と凪を交互に見て、震えながら指をさす。

「え？　待って待って。芯太の彼女、彼氏いるの？　まさかの三角関係？」

「違います！　お願いだから、話を聞いて！」

「何してんの？」

　家の中から芯太が出てきた。キョトンと全員を見つめる。

「晴ちゃんの声が家まで響いたから何事かと……ん？」

芯太の目がゆらぎへ移ると、彼女は唇を震わせて後ずさった。木陰の中へ隠れる様子は、しぼんだ風船のように存在感を消そうとしていた。

「あれ？　誰？」

「芯太さん！　同級生の隅川ゆらぎさんですよ！」

「え？　晴ちゃん、知ってる人？」

芯太が首をかしげる。その察しの悪さに、晴は地団駄を踏みそうになった。

「いや、そうじゃなくて、芯太さんの同級生の方です！」

「あ、そうなんだ……へー」

その反応の薄さに唖然とする。一方、ゆらぎは大仏のように悟りを開いた顔をしていた。もしくは放心しているのかもしれない。

「芯太さん、嘘ですよね……同級生の顔、覚えてないんですか？」

「だって、大学に何人の同期がいると思ってんの？　でも僕、学校では誰ともしゃべらないからよく覚えてないや。ごめんね」

彼は悪気なく笑顔で言った。

後ろで凪が「うーわー」と引いた声を上げる。晴も言葉が出てこずおそるおそるゆらぎを見たが、彼女は恥ずかしそうに頭を横に振っていた。

「いいの。別に覚えててくれなくてもいいの。芯太……蓮見くんは存在がすでに尊いから。もう生まれてきてくれたことに泣ける。はぁー、実物のかっこよさエグすぎ」

「本物のストーカーだぁ」

容赦なく凪が引く。晴は思わず凪を睨んだが、芯太も同様に頬を引きつらせていた。

「なるほど。凪の気持ちがちょっとだけわかった」

そう言って、彼は困ったように頭を掻いた。聞き捨てならないセリフだが、ここはおとなしく黙っていたほうがいい。晴は固唾を呑んだ。

「隅川さんだっけ？　僕のこと、好きなの？」

「す、好きとか、そういうんじゃ、なくはないですけど。連絡先を聞きたくて。昨日と今日は学校に来てたから、その、ついてきちゃいました……」

ゆらぎは口ごもった。まともに顔を見られず、挙動不審になっており、なぜか晴に目を合わせて助けを求めてくる。しかし彼女へのフォローはまったくひらめかず、晴は黙るしかない。

「さすがに家まで来ちゃダメだよ」

芯太が厳しい口調で言う。たちまち、ゆらぎの顔が怯えるように強張った。

「ごめんなさい！　連絡先聞いたら帰るつもりだったの！　でも、なかなか話しかけられなくて……それに蓮見くん、なかなか学校に来てくれないから……会いたくて」

これに芯太は長いため息をつき、低い声音で言った。

「僕は君のこと全然知らないから。そもそも今は誰とも付き合う気はないし」

「そんな、あの、付き合うとかそんな大層なことは思ってないの！　ほんとにすみません、通報はしないで！」

「いや、しないけど……この子たちを困らせたのはよくないな。僕の大事な人たちだからさ」

空気が悪くて重苦しい。数日前の自分もこうだったのに、なぜこんなにも待遇が違うのだろうか。

ゆらぎはだんだん涙目になる。鼻をすすっている音が耳に届き、晴は勇気を出してふたりの間に割って入った。

「あの、芯太さん。もうそこまでにしてください。かわいそうです」

「うーん……でもさぁ、彼女は僕のストーカーでしょ。怖いよ」

芯太は困惑気味な顔をしつつ、きっぱり言った。

「個人へ向ける感情が激しいのは困るし、優しい言葉でなだめたら勘違いさせるし、迷惑なものは迷惑。晴ちゃんも知らない人から急に声かけられたら怖いじゃん？」

「ご、ごもっともです……」

負けた。しかし、ゆらぎのことを放っておけない。それに、こういう空気は苦手だ。

「わたしはいいのに、ゆらぎさんはダメなんですか？」

つい本音を出すと、芯太が両目を開いて驚いた。

「それを言われちゃキツイんだけど……でも、うーん」

凪と芯太が『earth』であることは今この場では言えない。会話がぎこちなくなる。

お互いに困ってしまい、やがて沈黙が訪れた。ゆらぎはビクビクと怯（おび）えている。

すると突然、凪が持っていたタブレットを操作し、ゆらぎの前に向ける。

「これ、知ってる？」

そう言って彼は動画を再生させた。音が鳴る。ポーンとピアノの旋律が静かな空間に流れ、『earth』の動画、【哀の衝動】であることがわかった。

「えっと、知らない……」

ゆらぎは鼻声のまま言った。その答えに凪は笑い、メガネ越しに芯太を見据える。

「芯太兄ちゃん。この人、『earth』のこと知らないってよ。ファンじゃない。だったら、言ってもいいんじゃない？」

「いや、待て。学校で吹聴（ふいちょう）されても困るんだよ。それはおまえだって――」

「だったら約束させろよ。誓約書でも書かせてさ。破ったら即通報。そこまですりゃ、さすがにこの人も黙ってるでしょ」

凪がまくしたてるように言うが、芯太は頑として譲らず首を横に振った。

「やり方が横暴だ。大事（おおごと）にしたくない」

そんな彼に、凪はここぞとばかりに低い声で脅した。

「動画のためには手段を選ばないくせに、こういうときはヒヨっちゃうんだ？　やっぱり口だけじゃん。いいから、さっさと話つけて」

芯太が表情を消して顔をうつむける。何かを考えるように唸り、やがて盛大なため息を吐いた。乱暴に頭を掻く。

「わかった……晴ちゃんはどう？　凪の言うことに賛成する？」

「えっ、あ、えーっと……」

急に話を振られるとは思わず、晴は目をそらした。

ゆらぎとまた目が合う。彼女の手を包むと、とても冷たく震えている。事情も話さず、こんな道端に捨て置くなんてあんまりだろう。

それは、きっと凪も同じ気持ちなのかもしれない。だから、こうして提案を持ちかけているのだとなんとなく思い、晴は凪をチラッと見てからうなずいた。

「はい。凪がいいって言うなら」

「……オーケー。んじゃ、隅川さん。ちょっとうちに来て。話がある」

いつもは余裕たっぷりな芯太が不機嫌な様子で煩わしそうに言った。

ふたりがリビングで話をしている間、晴は凪の部屋で居心地悪くドアの前に立っていた。一方の凪はモニターの電源を入れず、椅子に座ったまま楽しげに黄緑色のヘッドホンをつけて時折笑っている。その姿があまりにも不気味なので、晴は彼の肩を叩いてみた。

「ねぇ、凪」

するとは凪はヘッドホンを取った。ニヤニヤと笑い顔で晴に渡す。

「聞く？」

「何を？」

「修羅場の模様」

その言葉に、晴は息を呑んだ。

「ま、まさか、盗聴？」

すると、凪はあっさりうなずく。晴は口に手を当てて、彼から一歩離れた。

「じゃあ、わたしが芯太さんと話していたときも？　あ、あのとき、音がしてたのって全部聞こえてたから？　それで、わたしの加入もすんなりと話が通って……？」

我ながら嫌な想像だと思う。凪は答えず軽薄に笑うだけで、想像が大当たりであることを物語っていた。

「悪趣味！」

「大丈夫。リビングしかつけてないから。芯太兄ちゃんも知ってるし」

晴の非難に、凪は顔を歪めてそう言った。

「親が来たときにチラッと聞くだけだよ。部屋を出ていいかどうか調べる対策みたいなもの。親に会うとキツイからさ。それにほかで悪用しないし」

彼の目が気まずそうに下へ向く。凪が両親とうまくいっていないという話を思い出した晴は、複雑な思いを抱いた。

「まぁ、おまえの場合は俺が絡む話だから聞かせてもらったんだよ。こんなことになるとは思わなかったけど」

取り繕うように言うと、凪は眠そうにあくびをした。

「さて、おしゃべりはここまで」

ヘッドホンをつけ直し、液晶モニターの電源をつける凪は慣れた手付きで画面を操作する。勝手に会話の終了を宣言され、晴は途方に暮れてしまった。

芯太から晴に与えられた課題は「凪の作業を見る」ことだ。黙ったまま観察しておけばいいのだろうか。

画面に映るのは昨日よりも進んだ色塗りの作業工程。凪は液晶タブレットをトントン叩き、ペンを滑らせ、ありとあらゆるツールを使いこなしていく。

その動きが早く、何をしているのかまったく理解できない。

「すごいな……」

　声を漏らしても彼は反応しない。

　ひたすら画面に向き合い、色を置いてぼかして伸ばして、また色を置く。赤、青、黄色、緑、紫と複雑に色を置いていく。その選択は子どもが夢中で色を選び取るように無垢（むく）で無邪気で、気まぐれにペンが走ればまたたく間に画面から色が走る。

　晴は画面へ引き込まれていくような感覚になった。

　もっと近づきたい。もっと知りたい。もっと、この世界に浸りたい。

　そんな欲が一度に湧き上がる。

「……晴」

　唐突に凪がペン先で晴の手をつついた。

「近い」

　またも凪の横で画面を食い入るように見ていた。顔から火が出そうなくらい恥ずかしくなり、慌てて飛び退く。

　一方で凪も気まずそうに咳払いし、目をそらす。肩を回し、メガネを取って眉間を揉んだ。

「しゅ、集中してたね」

　なんとなく話しかけるが、すぐに口をつぐむ。また「話しかけるな」と言われるかもしれない。

「おまえも、がっついて見てた」

凪がそっけなく返し、晴は目をしばたたかせた。

「すごくニヤニヤしてたぞ。気持ち悪い」

「えっ、うそっ、やだ！」

凪の指摘にたちまち顔が熱くなる。晴は顔を覆って隠した。だからか、彼は余計にしつこく言う。

「子どもみたいに目をキラキラさせてさ。気が散るからベッドに座っとけよ。そこからでも見えるだろ、画面」

「見てていいの？」

「だって、そうしろって芯太兄ちゃんに言われたじゃん。不本意だが、仕方ない」

あくまでもルールには忠実な凪である。だが、ここで見ることを許してくれたことにうれしくなる。

そのとき、晴は胸の鼓動を聞いた。

「もしかして、『喜び』ってこれかな？」

今、確実に芽生えたのは喜びだった。無理だと決めつけて怯（おび）えていたのに、突然ふと落ちてきたかすかな希望。その感覚が小さく心臓を打ち付けている。

　しかし、凪は怪訝そうに眉をひそめ、天井を見遣って冷たく言った。

「いや、違う。【悲喜交交】の『喜び』はそうじゃない。よく考えろ。詞の意味を。『序章』だぞ」

「だから！　わたしにとってはそうなんだって！　凪に近づく一歩手前、すなわち序章！　ここから何が起きるかわからないから怖いけど、でも、初めて見る景色を迎え入れようとする感覚！　それを今、この蝶を見て感じたの！」

　前のめりになって言うと、凪は困惑気味に眉を下げた。そして、ふいっと顔をモニターに戻す。

「……休憩終わり」

　そう言い、ヘッドホンをつけてしまう。その一瞬、彼の耳がわずかに赤くなっていた。

　それから凪はまた画面の中へ潜り込むように色塗りを再開した。作業の手が止まることはない。ベッドに座ると凪の横顔までもよく見えて、少しだけ心がざわついた。

　――凪だって、子どもみたいに楽しそうだよ。

　目を輝かせて描く凪の顔を初めて見た。

　そう言えば、彼は晴のことを邪険にするが、活動に関して大きく反対はしない。動画のこともそれなりに真剣で、反応も気にしている素振りを見せている。

単純に絵を描くのが好きというわけでもなく、さまざまな事情があることは芯太の話からなんとなく察していた。では、凪が絵を描く意味や原動力はなんなのだろう。

そんな思いを募らせていると、階段を上がってくる音がした。

「晴ちゃん、おまたせ」

芯太がにこやかな笑みで部屋に入ってきた。

「話がついた。隅川さん、僕らのことを黙っててくれるって。だから、活動してるところを見せたいんだけど」

そう軽快に言う芯太の後ろから、ゆらぎがおずおずと顔をのぞかせる。あの怯えがないところを見てひと安心した晴は、先ほど掴んだ感覚をさっそく報告した。

「あの、わたし、『喜び』がなんなのかわかったかもしれません！」

「ほんと？　じゃあ、さっそく録ってみる？」

「はい！」

「よーし。それじゃあ、隅川さんもおいで。すごいのを見せてあげるから」

芯太の言葉に、ゆらぎはパアッと顔を明るくさせた。まだ緊張しているのか、こくこくとうなずいている。

「凪も」

芯太が言いながら凪のヘッドホンを取り上げる。凪は不満そうに芯太を見たが、渋々動き出した。そんな彼の様子に晴はこっそり苦笑してから、収録の準備をした。ガラスの向こうから芯太とゆらぎ、凪が見守る。防音スペースで晴はマイクに向かって息を整えた。胸の奥で火花が散るようなイメージを描く。

『よし、それじゃあいけるかな?』

その声に、晴はガラス板の向こうにいるみんなを見ながら静かにうなずいた。芯太の期待に満ちた目。ゆらぎの戸惑うような目。凪の真剣な目。

凪は小さくうなずいた。それはなんだか背中を押すように思え、晴の緊張がすっと抜けていく。目を閉じ、意識を集中させると、凪が絵を描く様子が脳裏をよぎった。

ゴクンと唾を飲み、詞(ことば)を声に乗せる。

これは悲劇。僕は内側へこもりきり。まったく、この世界はくだらない。

だが、果たしてそうだろうか。

この内側こそ、正しい世界。僕の世界……この世界はきっと、美しい?　そう僕の世界は美しい。

これは喜劇——世界をひっくり返すための、序章だ。

はじまる。幕が上がる。ガラスを割って、そして新しい風を受け入れる。そんなまだ見ぬ希望と解放。それを精一杯、表現した。

しばらく防音スペースは無だった。芯太の指示を待つも、いつまで経っても聞こえない。晴はおそるおそるガラスの向こうを見遣った。

芯太は神妙な顔つきで額を押さえていた。ゆらぎは目を見開かせており、凪の表情は変わらず無反応だ。

「どうですか?」

アコーディオンカーテンから顔を出して聞くと、芯太は首を横に振った。打ちのめされたように目を泳がせている。

またダメだったのか。そう思っていると、彼は噛み締めるように言った。

「最っ高! すごかった。鳥肌立った。フレーズを切り取って収録も考えてたんだけど、いや、参った……よくこんな短時間で仕上げたね」

そんなに感激されるとは思わず、晴は挙動不審に周囲を見渡した。

ゆらぎと目が合う。彼女は圧倒されたように両目をシパシパさせている。

「晴ちゃん、ありがとう」

「え、そんな……全然、わたしは何も」

晴は慌てて手を振った。それでも芯太はかまわず盛り上がる。

「よし、すぐに編集しよう! 凪、いいよな!」

「いいんじゃない？」

芯太の弾んだ声に対し、凪はクールに肩をすくめた。そして、ふいっと晴から目をそらして収録部屋を出ていく。その横顔が一瞬だけうれしそうに見えたが確証は持てず、追いかけようとしたらいきなり腕を掴まれた。ゆらぎだった。

「晴ちゃん、蓮見くんから聞いたよ。動画も見せてもらったの。晴ちゃんの声がかっこよくて感動した！　私、めっちゃ応援する！」

感動に満ちた表情で晴の手を取る彼女に戸惑い、つい芯太を見る。彼はくすぐったそうに笑っていた。

「すごいねぇ。本当にキラキラしててかっこよかった。私、あなたのファン一号になりたい！」

「ふぁん、いちごう……？」

言葉がうまく変換できず、しばらく考える。

意味をようやく理解したとき、晴はその場に座り込んでぼうっと放心した。

第三章　そして、暗い希望をのみ込んだ

1

あの収録から二日後、部屋から出てこなくなった芯太がようやく顔を出し、凪の部屋に倒れ込んだかと思えば、やつれた様子で説明を始めた。

「一分半の動画を作るのに必要な素材イラストは、その時々で違ってね。もちろん凪のスタイルに口は出さないけど、テーマや絵コンテ、プロットはまず僕が作るんだ」

その段階で凪は連想した言葉や感情をメモして、ようやく製作に入る。そこで動画に使うイラストの枚数が決まるという。

「そうだったんですね。凪も何枚も描いてるんだ……」

行き当たりばったりの製作工程に、晴は唖然とした。どうりで次回の予告や定期的に動画投稿ができないわけである。

芯太はあれから晴の声を聞いて一層やる気を出したようで、【悲喜交交】の編集が終わったあとすぐに次回分の絵コンテまで作っていたらしい。そのアイデア出しに丸

二日を要していたのだ。

「しかも学校に行ってないなんて。ちょっとのめり込み過ぎじゃ……」

　この二日、凪の部屋で芯太を待っていたが、挨拶しか交わせなかった。てっきり嫌われたのかと思っていたら杞憂だったらしい。

「芯太さんはしっかりしている人だと思ってたのに……これじゃあ、凪とおんなじじゃないですか！」

　晴が頭を抱えて言うが、芯太の心には一切響かないようでケラケラ笑っていた。

「えぇー？　ひどいよ、晴ちゃん。こいつと一緒にしないで」

「いーえ、一緒ですよ！　のめり込んじゃうと現実に帰ってこられなくなるタイプ！　おうちの人は何も言わないんですか？」

「うちは個人の自由を尊重する主義だから。父も母も自由人だし」

「だからって！　せめて学校には行ってください！」

　ゆらぎのことを知らないときっぱり言い切っていた時点でなんとなく、芯太の実生活も凪と同じなのではないかと危ぶんでいたが、本当にそうだった。彼らは創作中心の生活で、火がつくと寝食を忘れてしまうのだろう。

「……ゆらぎさんを呼ばないと」

　晴がスマートフォンを出すと、芯太はのんびりと笑いながら言った。

「じゃあ、酸っぱい飴とイオン水と頭痛薬と目薬を買ってきてほしいって言っといて」

「パシリですよ、それ」

晴は容赦なく一刀両断すると、突然凪が厳かにヘッドホンを取った。寝不足の目でこちらを見る。

「俺はアイスがいい。ぶどう味。ラムネ菓子もほしい」

何を言うかと思えば、おやつのリクエストだ。

「だから、それパシリだって！　ゆらぎさんをなんだと思ってるの！」

「ブドウ糖が足りないんだよ……疲れた頭にきくクエン酸もほしい。限界だ」

凪が椅子に首を預けて言うと、芯太もベッドに倒れ込んで枕に顔をうずめながらモゴモゴ言う。

「同じく。僕も限界だ。あー、猛烈に酸っぱい飴舐めたい。クエン酸で覆われたやつ……口の中がおかしくなりそうなくらいの」

「そこまで酸っぱいのは嫌だ。レモンでもかじってろ」

凪がつっけんどんに言うので、晴は腕を組んで呆(あき)れた。仕方なくスマートフォンでふたりのオーダーを打ち込む。

するとゆらぎは速攻でスタンプを送ってきた。絶妙に崩れた顔のウサギが「O

K」と親指を突き上げているイラストだった。

「今、ゆらぎさんに頼みました。お金は芯太さんが出してくださいね」

「当然」

芯太はひらひらと手を振った。そして、チラリと眠そうな目でこちらを見る。

「……晴ちゃん、動画できたよ」

「えっ！」

晴はすぐさま飛びついた。なんとなく床に正座すると、芯太がポケットからスマートフォンを出して、晴に動画を見せてくれる。上から凪も顔をのぞかせた。

晴の無機質そうな声が色とともに浮かび上がる。息を吸う音が加工され、静寂の中でもはっきり聞こえた。浮かぶ文字と声のタイミングがぴったりで、その出来栄えは想像以上によく、ドキドキと胸が高鳴る。あの収録の余韻を思い出した。

「……最高です。あ、芯太さんの編集が素晴らしいという意味での、最高です！」

「ありがとう。実は晴ちゃんの声に合わせて文字が浮かぶように編集し直したんだ」

その種明かしに、晴は笑顔のまま固まった。

「えっ、それは……わたしのタイミングが悪かったという意味ですか……？」

「ううん。でも、既存のデータに声を乗せるだけじゃ、ちょっと合わなくて。あの声は、切らずにあのタイミングで使いたかったんだ」

芯太は優しく笑うと、とろんとした目をゆっくりつむっていく。

「だから、いい感じになった。再生回数、絶対伸びると思う。きっとコメントもたくさん来るよ。本当に、よかったよ……」

声がだんだん枕の中へ落ちていき、芯太はそれきりピクリとも動かなくなった。ほどなくして「ぐぅぅ」といびきをかきはじめる。

「寝ちゃった」

目をしばたたかせて晴が言う。

「限界だったんだな」

凪も困ったように言うので、お互いに顔を見合わせて噴き出す。

「まぁ、芯太さんが全部やってるんだもんね。動画編集から演出、次回の企画まで。考えることが多すぎて大変だよね。そりゃ疲れちゃうよ」

「さらにはド素人声優のプロデュースまで始めたし……なんでもかんでも手を出しやがって。アホらしい」

「ド素人声優……」

間違ってはいないのだが、その言葉が心にグサッと刺さる。

凪は椅子から降りて、ベッドに置かれた芯太のスマートフォンを回収し、晴に渡した。そして、芯太が下敷きにしていたかけ布団を乱暴に引っ張って上から被せるが、芯太はまったく起きる気配を見せない。

「ねぇ、凪」

晴はおずおずと言った。

「ん？」

「芯太さんって、どうして動画を作ってるの？」

再生回数が伸びていき、それに伴い評価も桁が上がっていく、その様子をぼんやり眺めながら晴は凪の答えを待った。話してくれるだろうか。

しかし凪は椅子に戻ってメガネを取り、アイマスクを装着した。どうやら仮眠を取るらしい。おしゃべりはもうおしまい——そう諦めていると、彼の口がゆるりと動いた。

「昔からなんでもできるやつだったからな、芯太兄ちゃんは」

「えっ、そうなの？」

このチャンスを逃すまいと食いつく。凪は目を隠したまま、ぽつぽつと話した。

「嫌味なくらいなんでもできるよ。勉強も運動も絵も音楽も。あとは演劇かな。中学のときは演劇部だったって」

「そうなんだ？　あ、だから演出とかすごい細かく」

「そう、細かい。それなのに、ちょっと抜けてる」

晴は【悲喜交交（ひきこもごも）】のときに指示されたことを思い出す。台本に書かれたメモは的確だったが、晴の反応を見るまで気づかない部分ももあった。

「あと、単純にサブカルが好き。だからじゃないか？　動画やってる理由。ま、俺はこいつの奴隷ってとこだな。馬車馬のごとく絵を描かされている」

その言い方からして、凪は芯太が動画を作っている理由を知らないようだ。

「そうなんだ……でも、凪って絵を描くのが好きなんでしょ？　絵を描いてないと落ち着かないって聞いたけど」

そう言うと、凪はアイマスクを持ち上げてじっとりと晴を見つめ、次いで芯太を睨む。

「こいつ、そんなことまで……」

なんだか不満そうだ。晴は芯太の名誉のために言葉を続けた。

「ひとつのことに集中できるなんて、すごい。芯太さんはその腕に惚れ込んで、だから一緒に動画を作りたいって思ったんじゃないかな。そんなすごい才能は、やっぱりたくさんの人に見せるべきだと思う」

凪が描く世界を発信したいのは芯太のほうだろう。

しかし、凪も誰かに届けたいから描いているのではないか。それは家族なのかもしれないし、顔もわからない誰かかもしれない。現に、こうして晴に届いている。

「才能なんてない」

　急に凪が厳しく言い、空気がひりついた。晴がびっくりして目を丸くすると、彼は気まずそうに顔を強張らせる。引っ込みがつかないのか、なおもぶっきらぼうに言った。

「そんな言葉で簡単に片付けられるもんじゃない。俺はただ……絵を描いてないとダメなだけ」

　そう言うと凪は再びアイマスクを装着し、ヘッドホンまでつけた。これで完全に、おしゃべりはおしまいだ。

「ええ……わたし、また余計なこと言った？」

　凪の心に触れるのが難しい。掴んだかと思えばスルリとすり抜けていく。うなだれた晴はふと、芯太のスマートフォンを見遣り、スクロールしてコメントを読んだ。

【またあの子の声だ。この子、誰かな？】

【earth本人だったりして】

【earthだったら滾る！　次の新作いつかなー】

【楽しみだよね】

　勝手に盛り上がっていくコメントの群れ。それらをひとつひとつ読んでいっても、まだまだ実感が湧かない。本当に自分に向けられた感想なのか、それとも『earth』

への称賛か。これは自分ひとりの力でできたことじゃない。

「すごいなぁ」

つい口から出た言葉は、笑えるほどに他人事だった。

そのとき、ピンポーンと階下からドアチャイムが鳴る。今日は家にいる芯太の母親の声が聞こえてきた。

「芯太ー？　お友達が来たよー」

「あ、お母様、大丈夫です！　お邪魔します！」

すぐにゆらぎの元気そうな声が届く。挙動不審で家を監視していた人物とは思えないほど堂々とした受け答えに、晴は思わず噴き出した。

2

翌日の昼休み。昼食を済ませたあと、晴と陽色は手洗い場にいた。

「晴さぁ、テストの点数、私に負けたのにご機嫌だよね」

陽色の鋭利な指摘に、晴はビクッと肩を震わせた。顔が引きつる。

「ご機嫌なわけないじゃん！　だって、パフェ奢らなきゃいけないんだよ！」

「だよね。あ、わかった。そんなに私にパフェ奢りたかったんだぁー」

「んなわけないでしょ！　わたしのお小遣い、今月ピンチなんですけど！」

鋭く噛み付くと、陽色は驚いたように肩を上げた。

「なんか、ツッコミにキレがある……情緒不安定か」

「……そうかな。そんなじゃないと思うけど」

凪を相手にするようなノリで言い返したことを後悔する。

そろそろ夏本番で、曇り空の向こう側にある空がちらほら見える。梅雨が明ければ夏休みだ。そうしたら、あの製作部屋にこもることができるだろう。

凪との仲はあいかわらずだが、イラストを描いているところを見るのは楽しい。さらに『earth』の過去作すべてに晴の声を当てたところ、再生回数がよいのだ。

そんなことを思い出すとまた顔が緩んでいく。

「なるほど、『earth』か。最近、女の子の声が入ったアフレコ版が流行ってるね」

陽色が言う。晴はハンカチを落としそうになるが、なんとか平静を保った。そんな友人にかまわず、陽色が訝しげに続ける。

「えっ、そうなの？」

「うん。でも、誰の声なのかわかんないんだって。やっぱり『earth』本人かなー？まさか、女子とは思わなかった。てっきり暇な男子大学生が作ってるんだとばかり」

「なぜ暇であることが前提なの……」

晴は陽色の鋭さに舌を巻いた。今日も新作のネタ出しに必死な芯太が思い浮かぶ。

凪は学校に来ているが、教室にいない。これ以上この会話を続けていたらボロが出そうだ。

「あ、わたし、トイレに行ってくるねー」

つい逃げようとすると、陽色が驚く。

「え？　今、手を洗ったばかりなのに？」

「ほら、水場にいるとトイレが近くなるって……」

「やめなさい、女の子がそんなこと言わない！　早く行ってきな。一緒に行こうか？」

振り切りたい一心で出た発言だったが、女子としての何かを失った気がする。

「いい！　行ってきます！」

これからは不用意に下品なことを言わないようにしよう。そう反省していると、いつの間にか美術室の前に差し掛かっていた。

美術部の作品を飾るため、夏休み前には凪のカワセミは撤去されるらしい。誰もいない教室におそるおそる入る。そしてカワセミの絵画の前に立ち、感嘆の息をついた。

「はぁ……何度見ても好き」

以前よりは、凪と肩を並べられるようになっただろうか。ふと、そう思う。

結局、陽色にはまだ『日青』のことを明かしていない。それは後ろめたさもあるが、『earth』としての活動を抜きにしても、恥ずかしいということが一番大きい。

そんな自分が凪と肩を並べるなんておこがましい。カワセミを見ているとそんな気持ちにさせられる。

――もっと自分に自信がほしいな……

このカワセミをお守りにしようと、晴はスマートフォンでカメラアプリを起動させた。

「おい、勝手に入るな」

「きゃあああああああっ！」

突然の背後からの低い声に思わず叫んで振り返ると、吉野先生が耳を塞いで顔をしかめていた。

「コソドロがいると思ったら中崎だったか」

「もう！　急に近くで脅かさないでください！」

晴が涙目で訴えるも、吉野先生は容赦なくツンケンする。

「いや、驚いたのはこっちだからな。昼休みに押しかけてくるの、やめてくんない？先生だって休みたいんですよ」

「うぅ……その、人を小馬鹿にしたような言い方、誰かに似てますね……」

吉野先生の悲観たっぷりな声に既視感を覚える。

対し、吉野先生は首をかしげるが、思いつかなかったようですぐに諦めた。

「まったくよお……ただでさえ、今は〝やつ〟のお守りで大変なんだぞ」

謎の発言が飛び出し、今度は晴が首をかしげる。すると、吉野先生は手招きして美術準備室のドアを開けた。

そこには猫背でテスト用紙を睨む男子生徒、凪がいた。顔を真っ赤にして心底嫌そうに問題を解いている。

「この前の期末で全教科赤点取りやがったせいで、俺が追試することになったんだよ……学年主任め、一生恨む。まったく、ひどいパワハラに遭って散々だぜ……」

吉野先生は暗い声で恨みを募らせた。晴の頬が引きつる。

「おい星川ー、さっさと解けよ。そこの公式使えって、さっきも言ったろ。本当に人の話聞いてねーな」

威圧たっぷりに凪の頭を小突く吉野先生の横で、晴はあわあわと震えた。凪の不機嫌さは身にしみている。どんな罵声が飛んでくるか身がまえているが、凪は怯(おび)えた小動物のように肩を上げてボソボソ言った。

「……先生がパワハラやってる」

「あ?　なんだって？」

「なんでもないです」

吉野先生の威圧に逆らえないのか、凪がいつもより小さく見える。吉野先生はさらに煽るように続けた。

「だいたいよぉ、おまえの腕を見込んで学校に入れて、さらに進級まで手伝った俺にその態度はなんなの？　誰のおかげで二年生になれたと思ってんだ？　いつまで俺をこき使えば気が済むの？」

「え？　それ、どういうことですか？」

　思わず割って入ると、吉野先生は作業机に座ってニヤリと笑った。

「星川は美術の推薦でうちに来たんだよ。俺が入れた。で、県の絵画コンクールで結果を出したわけ。なのに、それ以外はからきしダメでな。おかげで俺たちまとめて学年主任に目をつけられてんの。かわいそうだろ？」

「そんなことが裏で行われていたなんて」

　ものすごい秘密を知ってしまった気分になり、晴はよろめいた。一切こちらを見ない凪の背中にじっと視線を向ける。一方で吉野先生はぶつくさと文句が絶えない。

「こいつの幼馴染みから頼まれたからなぁ。とんだお荷物背負わされちまったよ」

「えっ？　それってまさか、蓮見芯太さんですか？」

「知ってんの？　そっか。ギリかぶってたもんな」

　芯太がこの学校の卒業生ということは初めて聞いたが、晴は余計なことを口走らないよう黙ってうなずいた。吉野先生が怪しむ様子はなく、どこか懐かしそうに言う。

「蓮見は美術部にも顔出してたからさ、それなりに世話してやったんだ。筋はよかったんだけどなぁ……最後まで伸びなかった」

次から次へと新たな情報が出てくる。急な展開についていけない。

しかし、それを聞いてストンと腑に落ちた。芯太と凪の独特な毒のある表現や言い回し、凪にいたっては雰囲気まで吉野先生にそっくりだと思う。吉野イズムが脈々と受け継がれている。

晴はもっと探りを入れてみようと、吉野先生に一歩近づいた。

「蓮見さんって、なんでも器用にできるイメージなんですけど」

「うん。あいつはなんでもできる。でも高みにはいけない。なんでもかんでも手を出して、自分の首を絞めてる……ひと言で言うと……うーん、なんだったかな」

吉野先生が首をかしげる。そのとき、横で凪がボソボソと言った。

「器用貧乏」

国語の問題を解いているのか、同じ文言をプリントに書いていく。四つの漢字が解答欄で虚しく漂っていた。

チャイムが鳴り、吉野先生は晴と凪を同時に美術準備室から追い出した。一年生の授業の準備をしなくてはいけないらしい。

　教室へ戻る中、晴は気まずい思いを抱いていた。凪も珍しく口を真一文字に結び、居心地悪そうにしており、ちらりと晴を見て言った。

「気をつけろよ、晴」

「え？」

「芯太兄ちゃんのこと。あいつ、おまえが結果出さなかったら即捨てるよ」

「えっ……」

　面食らって何も言えずにいると凪はツーンと顔をそらし、早足で歩いていった。晴も遅れてついていく。横に並ぶと、凪が笑いながら言った。

「俺もそのうち捨てられるかもしれないなー。そうなったらどうしようかな」

「芯太さんは凪のこと、すごく大事に思ってるよ。吉野先生に預けるくらいに」

　気遣うように言ってみると、なぜか凪は肩を落とす。

「え？　どうしたの？」

　聞くと、彼は恨みがこもった声で言った。

「……吉野の野郎、マジやだ。嫌い。今どきスパルタ教育とか何考えてんだろ。バカじゃん。準備室も汚いし。生理的に無理」

「え……あ、まぁ、たしかにあの態度で来られると怖いよねぇ」

「うん。だから誓ったんだ。俺が将来、偉くなったら吉野のパワハラ発言を訴えてやるって。あいつと芯太兄ちゃん、まとめてひざまずかせてやる」

凪は憎々しげに拳を握っていた。新たな恨みが生み出されている。

それをあしらうこともできず、晴は呆れて乾いた笑いを漏らした。

3

その日は陽色にパフェをご馳走しなければならず、製作部屋に行くのは休むことにした。だが、陽色は塾がない日は門限が十八時なので、十七時半には切り上げる。陽色の愚痴からイケメン男子の話など、晴にとっては興味のない話題を延々と聞かされて疲れていたが、足取りは軽い。

まだ落ちない太陽に目を細めながら町を歩く。車や人が行き交う表通りには疲れた顔があちこちにあり、みんなうつむき加減だ。そんな人々と一緒にバスへ乗り込もうとすると、後ろからポンと肩を叩かれた。

「よっ！」

「うわ、お姉ちゃん！」

ピンク色のTシャツにジーンズという適当な格好をした天音が立っていた。

「今から帰るの？　んじゃ、一緒に帰ろうよ」

天音がどんどん背中を押してくるのでバスに乗り込むしかなく、晴はげんなりとふたりがけの席に座った。

「そう言えば、期末テストの結果、返ってきたんでしょ？」

　天音が明るい口調で聞いた。その話題は陽色とも散々したので正直うんざりだ。そう思って黙っていると、天音は怪しむように続けた。

「赤点取ってないでしょうね？」

「取ってない」

「じゃあ、オール何点？」

　すかさず聞かれ、晴は言葉につまった。悪い点数ではないが、口うるさい姉にだけは言いたくない。すると、天音はわざとらしく呆れたため息をついた。

「ふーん。言えない点数なんだ……あーあ」

　晴はふいっと窓に目を向けた。それにかまわず、天音はズケズケと言葉を続ける。

「晴ー、もうちょっと努力しないとダメよ。まだ二年だからーって思ってるんでしょ。そんなんで進学できるの？　お母さんもお父さんも晴のために頑張ってお金貯めてるのに。言わないだけで、本当は頑張ってほしいって思ってるんだよー？」

「……あーもう、うるさい。わかってるから、こんなところでまで説教しないで」

　晴はイライラしながら小さな声で言い返した。すると、天音も苛立ったのか声音を低くして言う。

「説教してるつもりじゃないし。私は会話がしたいだけよ」

晴は耳にイヤホンを突っ込んでシャットアウトしたが、スマートフォンで音楽を再生する間際、天音のつぶやきがイヤホンを掻い潜って聞こえた。

「ほら、また。そうやって逃げる」

——うっとうしいな、もう。最悪。

それからはお互い顔を合わせることなく、自宅の最寄り停留所にたどり着く。夕暮れの住宅街で、晴はトボトボと天音の後ろをついていった、そのときだった。

「あっれー？　晴ちゃん？」

後ろから聞き覚えのある女性の声が近づく。バス停から小走りにやってくるのはバルーンスカートの女子大生、ゆらぎだった。

「え、ゆらぎさんっ？　あの、今日は……」

「んー？　大丈夫？　なんか顔色悪いよ」

そう言って彼女は晴の腕をぐいっと掴み、耳元でひそやかにささやく。

「さっき、お姉さんと揉めてたでしょ」

鋭い指摘に晴は固まって動けなくなった。ゆらぎは笑顔のままだが、口元がわずかに強張っている。

「実はバスが同じだったの。後ろから見てたけど、空気悪かったからついてきちゃっした。

　いつぞやの彼女のストーキング術を思い出すも、晴は愉快な気分にはなれず困惑した。

「だ、大丈夫？」

「でもそんな顔しておうちに入るの？　ほっとけないなぁ」

「あのー、どちら様ですか？」

　天音が怪訝(けげん)そうに近づく。そんな天音に、ゆらぎは笑顔で元気よく返した。

「あ、私、晴ちゃんの友達です！」

「友達……へぇぇ？　そうなんだ？」

「連絡くれないから家まで押しかけちゃいました。すみません。晴ちゃんと話したいので、ちょっとお借りしますね！」

　そう言って、ゆらぎはそのまま晴の腕を引っ張ってバス停まで早足で戻った。

「晴ちゃん、余計なお節介だったらごめん。でも、私、ああいう人が苦手でさ。うちのおばあちゃんにそっくりで、ムカついてたんだよね」

　バス停の明かりの下、ゆらぎが手を腰に当てて言った。

「ほら、ナチュラルに人を見下して、強い正論でねじ伏せちゃう感じ。家族だからなんでも言っていいと思ってるのよね」

その言葉に、晴は顔を強張らせた。天音はたしかに物言いがきつい。しかし、それを他人から批判されるのはなんだか嫌だ。

「わたしが悪いんです。いつも期待に応えられなくて……お姉ちゃん、ほんとは進学したかったのにお金なくてできなかったから、わたしを心配してて……」

無意識に言葉が出てくる。あの場から逃げ出せたことはよかったが、陰で家族を悪者にしたいわけではない。

「それとこれとは別じゃない？　晴ちゃんも頑張ってるでしょ。『earth』のことを言えなくても、たくさんの人たちを感動させてるのはすごいじゃん」

「それは芯太さんと凪が作った世界にたまたま入れただけで……わたしだけの力じゃないから……」

言っているうちに虚無を感じた。ますます気が滅入る。そんな晴に対し、ゆらぎは顔をしかめて言った。

「なんか納得いかない」

その顔は酸っぱい飴を無理やり口にねじ込まれたみたいで、「むぎゅうっ」という効果音が鳴るようだ。急にそんな顔をされると、それまで沈んでいた気分が急に弾け飛んで、つい噴き出した。

「ふふっ、変な顔」

「んっ？　おもしろい？　これおもしろい？」

「あはっ、やめてください！　ちょっと、その顔で近づかないで！」

わざとらしくふざけるゆらぎに晴はたまらず逃げ出した。バス停でしばらく追いかけっこをする。一定の間合いを取り、それからふたりで盛大に笑い転げた。

ひとしきり笑ったあと、ゆらぎが晴れやかな顔で言う。

「まぁまぁ、なんというかね。こういうのはみんなに相談しよ。芯太も凪も晴ちゃんのこと知りたいはずだから。でないと『earth』がバラバラになっちゃう」

「でも……芯太さんはわたしよりも凪のことが心配だし。ゆらぎさんは、どこまでふたりのこと知ってるんですか？」

聞くと、彼女はケロッと軽く返した。

「凪の弟の話までは聞いた」

「あ、そうなんですね。一緒だ」

「だから、いいじゃん。お互いに弱いとこ見せ合って、もっと仲良くなろうよ。こういうのは共感が大事なんだから」

ゆらぎは肩をすくめて言った。

「そんで、凪と早く付き合っちゃえ」

「え？　えぇ？」

　思わぬ発言にドギマギする。ゆらぎはぐいっと近づき、さらに熱っぽく続けた。

「命短し恋せよ乙女！　ていうか、四六時中一緒にいるし、あんなすごい才能持った男の横にいたら普通に好きになっちゃうって」

「だからって、恋愛に結びつけちゃうのはよくない！　なんでそんなふうに言うのかな……まったくもう、ゆらぎさんは恋愛脳すぎる」

　恥ずかしさのあまり、つい口調が刺々しくなる。すると、ゆらぎはクスクス笑った。

「今の凪っぽい。サクッと毒を吐くとこ」

「毒？　どの辺が？　恋愛脳って言ったとこ？」

　凪と同じように思われるのは癪だ。そんな晴に対し、ゆらぎはしつこく冷やかした。

「でも、凪の才能には惚れてるでしょ」

「う……うん。それは認めますけど」

　しかし、晴は凪が『才能なんてない』と言ったことを思い出し、迷いながら言葉を続けた。

「凪は自分がものすごい才能を持ってることに、妙に後ろ向きなんですよね」

「わかる。あの子、闇がえげつないもんね」

　あっけらかんと返される。なんとなくゆらぎが意味を取り違えているような気がして、晴は首をかしげた。

「なんと言うか……自分がすごい存在だっていう自覚がないみたいな。でも、動画の再生回数が伸びたときはちょっと喜ぶし、かと言って前向きでもないし……よくわかんない」

「うーん。たしかに、なんだろなぁ……見てほしいのに、見てほしくないんだよね」

ゆらぎも考えながらゆっくりと言った。

「自分に自信がなくて承認欲求だけが高まって、誰も知らない場所で違う人間になりきって叫んでる、みたいな？」

晴は口をあんぐり開けた。うまく言語化できなかったものをあっさり紐解かれてしまい面食らう。そして、気がついた。

――わたしも同じかも。

「まぁ、『earth』風に言えば、自由への渇望って感じ？」

「……ゆらぎさん、めちゃくちゃ『earth』にはまってますね」

おどけるゆらぎに、晴は冷静なツッコミを入れる。少しだけ気が晴れた。

４

翌日、晴はまた昼休みにこっそり陽色から抜け出し、美術室へ向かった。準備室をノックすると、吉野先生の無愛想な返事が聞こえてくる。

「はい、どーぞ」

「しつれーしまー……うわっ」

昨日よりもどんよりとした空気が漂っていた。吉野先生は机に座って英語の教科書を睨んでおり、凪はプリントの解答欄ではない四隅を突いている。これに気づいた吉野先生が教科書を丸めて机を叩いた。

「絵を描くな！　目を離したらすぐこれだ！　いい加減にしろ！」

「だって、先生が教えてくれないから暇なんだよ」

「てめぇ、口答えとはいい度胸だな」

かなり険悪だ。晴はふたりの間に割って入り、吉野先生の手から教科書を没収した。

「先生！　そうやってすぐキレるの、よくないです！　口も悪いし！」

「かまうな、中崎。俺は今、こいつに物の道理ってもんを教えてるんだ」

吉野先生は晴から教科書を奪い返そうと手を伸ばした。晴は返すまいとその手から逃げる。

「頭ごなしにプレッシャーかけるから凪が怖がるんですよ！」

「怖がってねぇし！」

背後で凪が心外だとばかりに声を荒らげるも、凄むような吉野先生の目にすぐさま怯み、晴の後ろに隠れてしまう。これに納得がいかないらしい吉野先生は腕を組んで舌打ちした。

「この追試で赤点を取ったら俺たちに夏休みはない。去年もなんとか単位を取ったんだ。二年連続夏休みの危機……絶対来年もあるだろ。やってらんねぇよ」

「でも、先生は夏休みも仕事ですよね？　部活とか」

「だから余計な仕事が増えるってことだよ」

吉野先生は底冷えしそうな暗い声で言った。寒気を覚えて何も言えずにいると、吉野先生が何やらひらめいたように顔を綻ばせる。

「そうだ。中崎が勉強教えてやってくれよ」

「えぇっ？」

「赤点より上いけるくらいでいいんだ。高望みはしない。それくらい星川の学力は壊滅的でな……正直、匙を投げたい。それに俺は美術教師。全部専門外だ」

「とても教師とは思えない発言……」

晴は絶句した。一方、吉野先生は意地悪そうに笑い、凪を見下ろす。

「そっちのほうが頑張れそうだよな、星川」

有無を言わせない威圧感に凪は渋々うなずく。

晴は不安と呆れを含めたため息をついた。仕方なく、凪の横に座って問題を見る。

「わたし、陽色ほど成績よくないんだけど……って、え？」

目を疑った。印刷された文字の上から不規則なアルファベットが並んでいて問題文が見えない。よく見ると、それは狼の横顔が浮かび上がるモザイクアートで、その横にもキリンやワシなどさまざまな動物が描かれていた。

「嘘でしょ……すごい、かっこいい……」

つい感動のつぶやきを漏らすと、凪は得意そうに鼻で笑う。その瞬間、吉野先生の手が容赦なくモザイクアートの上にズドンと落ちてきた。

「感心してる場合か？」

「す、すみません……」

吉野先生の苦労がよくわかった。問題文すらイラストに昇華させてしまう凪に勉強を教えるのは至難の業(わざ)だろう。たしかに、匙(さじ)を投げたくなるものだ。

＊＊＊

放課後。晴はバスの最前席に座る凪の横に立って、彼の作業の様子を眺めていた。

凪はいつものようにイヤホンをしている。晴はかまわず独り言をつぶやいた。

「はぁ……どうしてそんなに描けるの。すごすぎ。アナログもデジタルもなんでも使いこなせるなんて、どうかしてるよ」

凪はタッチペンで色を塗っていた。バスの揺れを気にせずに、ただただ一心不乱に色を置いていく。線画の広いスペースにペンを置けば、たちまち一色がその範囲にだけ塗られる。まるで魔法のようだ。

こうして見ているだけで、どんな工程なのかおおよそ把握できるようになってきた。今、凪は新作の最終段階に差し掛かっている。動画のラストカットだ。

「本当は単語のひとつでも覚えてほしいとこなんだけど……まぁ、しょうがないよね」

吉野先生には悪いが、凪の作業を邪魔することはできない。

「そう言えば、こんなに没頭しちゃうのに、どうしてバスを降りるときはちゃんと気づけるんだろ？」

その疑問を口にした瞬間、凪がちらっと顔を上げた。目が合う。メガネと深い真っ黒な瞳が晴の姿を映し、思わず息が止まる。

凪は前髪の隙間から気だるげな半眼をのぞかせて言った。

「聞こえてんだよ」

そう言って、イヤホンを外して晴の耳元に近づける。音がない。

「えっ、嘘、なんで……⁉」

無音のままイヤホンをしていたのに気づき、晴は驚きで口をあんぐり開けた。

バスが停留所につき、凪は晴を押しのけてバスから降りてスタスタと歩いていく。

その後ろを晴も慌てて追いかけて聞いた。

「どういうこと⁉」

「そういうこと」

「いや、どういうことよ！　わたしのひとり言も全部聞こえてたの？　聞こえてないふりして？　信じらんない！」

回り込もうと横並びになると凪は愉快そうに笑っていた。それがあまりにも無邪気だったので怒るに怒れない。

黙ると、凪は恥ずかしそうに咳払いしたが、それでも口元は笑っている。

「気まぐれに音、消してみたんだよ……そもそもバスで音漏れしたら嫌だからボリューム小さめだし」

「な、なるほど……意外と普通の理由だった」

「先入観にとらわれすぎ。油断するな」

ビシッと指をさされ、晴はその指を手刀で落とすふりをした。

「そういうそっちは涼しい顔が上手ですね」

「おまえのオーバーなベタ褒めにも、そろそろ慣れたからな」

凪は意地悪そうに笑った。それくらいの軽口が叩けるなら、もう少し彼の心に歩み寄ってみようと、晴も容赦なくつめ寄る。

「ねぇ、凪はいつもどうやって絵を描いているの？」

聞くと、彼は驚いたようにこちらを見た。

「おまえ、いつも横で見てるくせにわかんねぇのかよ」

「描き方はわかる。水彩絵の具もポスターカラーも使えるし、ペン画も得意。液タブも使いこなせて、なんでも描けちゃう。すごい」

「……まぁ、ツールはなんでもいいんだよ。描ければそれでいい」

凪は言いよどんだ。慣れたと言ったくせに、面と向かって言われると照れくさいらしい。晴から少し離れて歩いていく。それを逃すまいと追いかけ早口で言った。

「わたしが知りたいのは凪の頭の中。絵を描くって、ものすごい想像力を働かせないとできないでしょ？　物の捉え方も完璧だし、力強い表現力がある。色だってそう。どうしてその色を選んだのかが気になる。今日の英語のプリントも、どんな発想でモザイクアートを描いたのか、凪の頭の中が――」

「あーもう、うるせぇな！　んなもん、意識してやってない！」

晴の声を遮って、凪が怒鳴る。

「嘘、そんなわけないでしょ！　暇つぶしであんなの描けるわけないじゃない！」

晴も負けじと声を張る。

「なんでおまえが勝手にそう言い切るんだよ。作者は俺だ」

「じゃあ、教えてよ。作者様の頭の中！」

「だから、そんなのは知らない。だいたい、俺の頭の中がどうなってるとか、おまえに関係ないだろ」

「関係あるよ！　わたしは凪のこと、たくさん知りたいもん！」

つい口走ると、凪は無言になった。顔を引きつらせ、頬を赤くし、目をシパシパさせ、挙動不審に周囲を見回す。しばらくの沈黙のあと、彼はげんなりと言った。

「そうだった。おまえは俺のストーカーだった……」

「もうそういうことでいいよ。とにかく教えて。でないと新作でどんなふうに演ればいいかわかんない」

晴もイライラと返す。こっちも必死だ。次の新作で、みんなをがっかりさせたくない。そして、凪に追いつきたい。いつまでも背中を追いかけるだけじゃダメだ。

「……そう言われても、本当にわかんないんだよ」

凪は困ったように言った。家の門を開き、玄関チャイムを鳴らす。

「ただ、昔からそうだった。絵だけは得意で、絵を描けば快が喜ぶから——」

そこまで言って、彼は口をつぐんだ。ちょうど玄関が開く。

「おかえり、ふたりとも」

芯太が笑顔で出迎えた。その脇をサッとすり抜ける凪。晴も後ろからそろりと入る。

「ん？　どうした、晴ちゃん。顔色よくないよ」

目ざとく感づかれ、晴は気まずく唇を噛んだ。苦笑交じりに芯太の顔を見る。凪は二階へ上がってしまい、作業部屋にとじこもった。

「あの……なんか、踏み込みすぎました」

包み隠さず先ほどの出来事を話すと、芯太は「あらら」と優しく笑った。

「でも、凪の口から快の話が出るなんて珍しいな」

「そうなんですか？」

「うん。快が亡くなってからは家族の話題も避けてたし……でも、そっか。あいつが絵を描くのは、快のためだったんだな」

だんだん声を低めていく芯太に、晴は疑問を抱いた。

「あの、凪は快くんのこと嫌いじゃないんですね？」

両親は弟にかまいきりで、凪のことはほったらかしだった。現在は親元を離れて蓮見家に居候し、盗聴器までつけて親との接触を避けている。そのことから彼は家族のことが嫌いなのだと勝手に思っていた。

「らしいね」

芯太は投げやりな返事をした。大事な幼馴染みの割には他人事みたいな言葉である。

晴は釈然とせず、首をかしげた。対し、芯太は話をそらすようにパンと手を叩き、明るい声で言う。

「よし、晴ちゃん。新作だよ、新作。台本も出来上がったから、やってみようか」

なんだかはぐらかされてしまい、晴はモヤモヤとした違和感を覚えた。

5

それからほどなくして、ゆらぎが家にやってきた。

今日は芯太の部屋で練習をする。

まず、今の段階で編集できている動画を通しで見た。

凪のイラストがぎこちなくコマ送りのように移り変わっていくが、これをもう少し滑らかな動きにするため、細かい編集を加えていくのだ。途中で動画が止まり、芯太が厳かに口を開いた。

「今回のテーマは『楽』だ」

「ですね……珍しく、楽しい愉快な動画なのかと思いきや……」

晴は台本を凝視しながら動揺した。

タイトルは【落第道楽者(らくだいどうらくもの)】であり、『楽』がつくものの温かみは感じられなかった。

それが『earth』らしいと言えばらしいのだが。

「かっこいいタイトル！」

ゆらぎがのほほんと言い、芯太がうれしそうに笑う。

そんなまったりとしたふたりを尻目に、晴は台本と動画を交互に見つめた。動画にはまだ詞が入っていない。今までは出来上がった動画の感情を読み取って声を当てていたので、なんだか難しく感じた。


【落第道楽者】

ここは楽園、君の世界。好きなもの、楽しいもの、たらふく食べて、満たされて。

また食べて、食べて、食べて、はまっていく。

清いものだけほしがって、濁ったものは置き去りで。飽きて、次へ、次へ、次へさまよい歩く。ただ怠惰に、溺れて堕ちて。

あぁ、空腹だ。足りない。まだ足りない。次は？　次は？　次は？　血走っていく。

ここは楽園、君の世界。君はまだ、道楽者でいられるか？


いつもより過激な詞だと思った。もう一度動画を見る。

白のあとに鮮明な赤がべったりと塗られ、とめどなく黒が溢れる。そのあとにビビッドなピンクや緑、黄色がネオンのように横切り、ほとばしり、消えてフェードアウトする。

　登場人物は今まで描かれてきた少年よりも年上の、なんだか凪と背格好が似ている中性的な男の子だった。頭が割れて蝶が飛び立つシーンが幻想的だが、グロテスクなものの感じる。だが、惹かれるのは色使いの細かさで、何よりあの蝶がこうなるなんて想像もしなかった。その意外性も手伝い、ワクワクと胸が躍る。

「この、道楽者ってなんですか？」

　率直に訊ねてみると、芯太は軽やかに答えた。

「自堕落な者、怠け者、放蕩者ってとこかな」

「そんな道楽者に落第を付け足したら、さらにどうしようもない人って意味になりません？」

「そうだよ。どうしようもない人だもん。言葉通りにね」

　芯太が屈託なく笑った。その笑いが少し不気味なのは、単に彼が寝てないだけではないと思う。

「今回は特に男声を意識してやってみてほしいな。あと、狂気的な感じで。かわいさを払拭して、かっこいい感じに」

「狂気的な……かっこいい感じ……」

「世間を皮肉るような、ふてぶてしさもほしい」

「皮肉る、ふてぶてしさ……」

言葉をそのまま復唱する。次から次へと繰り出される難しいオーダーに頭の中は真っ白だ。そんな晴をよそに、芯太は調子よく言った。

「晴ちゃんの声はかわいいものから、かっこいいものまで幅広いよね。キレのあるツッコミとか、意外とドスがきいてて気持ちいいんだ。スカッとする」

「そうですか……そんなこと、意識してなかったです……」

そう言いながら、ふと思った。「意識」という言葉が口の中に残る。まったく意識していなかった。凪もまた無意識に絵を描いているらしい。声を出すことと絵を描くことは、まさか同じなのだろうか。

そのとき、ノックの音がして凪が顔をのぞかせる。耳にかかった髪の毛が少し汗ばんでいた。

「ラスト、できたよ」

そう言って部屋に入ってくると、すかさずゆらぎがお菓子を差し出した。ピーナッツチョコレートを掴んでモグモグ食べる凪。その横でゆらぎが飲み物も渡すので、さながらマネージャーである。

「よし、僕は編集するから、晴ちゃんは練習頑張ってね。凪はお疲れさん」

「芯太兄ちゃん、次の仕事くれ」

凪が食い気味に言った。これに、芯太が意外そうに返す。

「えらくやる気だな……どうした？」

しかし、凪は答えず、チョコレートを食べるのに徹している。晴はなんとなく察した。

「もしかして、追試の勉強したくないから作業に逃げてる？」

咀嚼する凪の口がピタッと止まった。苦々しく、コクンと喉へ送る。どうやら図星らしい。すると、芯太が盛大に噴き出した。

「あははは っ！　追試！　マジかよ、凪。おまえ、どんだけ成績悪いんだよ」

「全教科赤点ですよ。おかげでわたしが勉強教える羽目になって」

笑う芯太に晴はついおもしろがって言った。芯太は腹を抱え、甲高く笑った。

「ひどいな！　ひどすぎる！　超おもしろい！」

「大丈夫だよ、凪。わたしもそんなに成績よくないし」

ゆらぎが気遣うように言ったが、凪はフルフルと肩を震わせている。美術準備室で吉野先生にいじられている様子そのままだ。

凪のじっとりとした視線を感じて、晴はわずかに気まずくなった。そんな様子をおもしろがるように芯太は目尻の涙を拭って言った。

「そっかそっか。晴ちゃんは成績いいんだ？」

「いえいえ、全然です！　吉野先生に無理やり押し付けられて」

「吉野先生かぁ。あの人ならやりかねないな……ふふっ、そんなおもしろいことになってたなんて。さすが吉野先生」

芯太の笑いはしばらく止まなかった。やがてふっと笑いを消し、遠い目をしていう。

「あー、凪の赤点の話聞いて思い出した。僕もそろそろ学校に行かなきゃ、単位落としそうなんだよねぇ。すっかり忘れてた」

「おまえ、人のこと笑ってる場合かよ」

すかさず凪が苦々しく言う。晴とゆらぎの視線に気づき、芯太はごまかすように咳払いした。

＊＊＊

それからというもの、昼は凪の勉強を見ることに加え、放課後から門限までアフレコ練習に明け暮れていた。近ごろは喉飴が手放せない。ゆらぎがどこからか見つけてきたハチミツ味の飴を携帯し、家でも練習していた。

しかし、意識して声を低く出してみても〝狂気的〟も〝かっこいい〟も〝ふてぶてしさ〟も感じられない。どう足掻いても、女の子が低い声で唸（うな）っているようにしか聞こえない。そうして全然仕上がらないまま三日が過ぎている。

凪はあいかわらずだが、芯太はいよいよ単位を取れないギリギリの状態らしく、家にいることが減った。

「――ていうか、ひとりでやっても全然わかんない……どうしよう」

凪の部屋。休憩がてら、いつものようにベッドに座って彼の作業を観察していたが、頭の中は新作でいっぱいだ。頭を抱える。

「楽しいって何？　狂気的って何？　ていうか、なんで楽しいのに狂気的なの？　狂気的だから楽しいの？　あーもー、意味わかんないよー！」

「うるせぇ！」

唐突に凪の足がベッドを軽く蹴った。その衝撃にびっくりし、晴は肩を上げる。

「き、聞こえてないと思ってました……」

「横でブツブツブツブツ言われたら嫌でも気になるだろ！　気が散る！　迷惑！」

「すみませんでした！」

すぐさま謝ると、凪は疲れたように深いため息を投げつけた。

「……悩んでんの？」

「はい……芯太さんのオーダーが難しすぎて。今回の新作、今までよりも複雑で」

ついかしこまって言うと、凪は気をよくしたようにふんぞり返った。

「そりゃ、いつも能天気にのほほんと生きてるおまえには難しいだろうな」

「ええ、まぁ、そうですね……わたしはいつでもお気楽に生きてますし」

なんだか凪のひねくれが感染ったみたいだ。言葉がどんよりと暗くなっていき、晴は足を抱えてうつむいた。

「無理。できない。わたし、凪みたいな闇のオーラ、持ってないもん」

「おい、そりゃどういう意味だ」

すかさず凪が噛み付くも、晴はかまわず続けた。

「毒も持ってない。ふてぶてしさもない。凪になりきれない。わたし、やっぱりダメなの。自分が何も持ってないことに嫌でも気づかされる」

口にすると劣等感に押しつぶされそうになった。心の内側から顔をのぞかせるそれは、意地悪そうに笑って心臓を針でチクチク刺す。そんな感覚が気持ち悪くて余計に気が滅入る。

「……別に俺にならなくていいだろ。意識するな。そして、気持ち悪いこと言うな」

凪が困ったように言う。

「でも、作者は凪だもん。作者の感情を声にしたいの」

――それに、動画の主人公は凪でしょ。

これを言うのは気が引けた。だから笑いでごまかして、話をそらす。

「あはは。わたし、これでもね、いっぱい練習してるんだ。小さいころは声優になりたくて、朗読するのが好きで放送部にも入ってたんだけど、中学に入ってからは親もお姉ちゃんも『勉強しなさい』って言うから、あっさり諦めちゃった」

取り繕うはずの言葉が、いつの間にか思い出話に変わった。止めることができず、晴は顔を伏せたまま続ける。

「子どもっぽいバカな夢でしょ。しかも声優になりたいって言うだけで、オーディションとか考えたことなかったし、知ろうともしなかった。誰からも応援されてないし。そのくせ心残りがあって……そんなときに見つけたのが『earth』の動画だった」

ほんの一年前、陽色から誘われて動画配信アプリをインストールした。最初はおもしろい動画をふたりで撮るだけの遊びをしていた。そのうちあらゆる動画配信者たちの活動を追いかけてはまっていった。

アニメの声真似をする動画、歌を歌う動画、朗読、ゲームを解説する人、絵を描く人、毎日企画を考えて楽しく騒ぐ人。こんなふうになりたい、なりたかった。ただ見ているだけじゃ気持ちが止められない。

「『earth』の動画でアフレコ推奨されてたから、ひとりで試しにやってみたらね……めちゃくちゃ楽しかったの。動画をアップしたときは眠れなかった。初めて評価されたときなんて、心臓止まるかと思った」

「……じゃあ、その感覚を思い出して演れよ」

思わず顔を上げる。凪がじっとこちらを見ていた。その目は、あのアフレコの際に見せる真剣な目だった。

「今、自分で言ったじゃん。それをぶつければいいんじゃないか？」

「それを……？　そんなことでいいの？」

おずおず聞いてみると、凪はさらに深いため息をついた。

「晴ってさ、俺のことは分析するのに、自分が何でできてるのかはわかってないよな」

言葉の意味がわからずに首をかしげる。すると凪は体ごと晴に向き合い、静かに言った。

「いいか。今まで見たものや感じたものは、とっくに自分の物なんだよ。他人から受けた影響も思い出も全部、それを栄養にして『自分』になっていく」

「自分になっていく……？」

晴の言葉に、凪はチラリと棚や壁を見た。彼が集めたのか、膨大な資料がこの部屋には存在する。それこそが凪の栄養なのだろうか。

それでもまだしっくりこない晴は黙り込む。凪はさらに続けた。

「だいたい、おまえはすでに狂気的だよ。俺や『earth』に対する探究心とか、気持ち悪くて強くてブレないとこも。俺から養分吸い取っていくみたいでさ」

「それ、褒めてるの？」

ムッとして言うと、凪の顔に光の筋が差し込む。ちょうどカーテンの隙間から光が入り、彼は眩しそうに目を細めた。それがなんだか笑っているように見えた。

「自分のいいところも気持ち悪さも、子どもっぽさもイタさも全部さらけ出せ。どうせ止められないいんだ。表現って、そういうもんだろ」

そう言うと彼は画面に戻り、ペンを握る。

凪の言葉は理解できた。しかし、実感が湧かず考えてしまう。その間にも凪は美しい線を描き、無からさまざまなものを生み出していく。やはりまだまだ追いつけない。

「あの動画の肝は『空腹』なとこだ」

凪が思い出したようにポツリと言う。細かに手を動かし、何度も消したり足したりして形を整え、そのたびに言葉を漏らす。

「主人公は欲張りなんだよ。満腹なくせにまだほしがる。脳と腹を楽しいものでたっぷり満たしても足りなくて、うまいものを貪り続ける」

「それって、なんだか中毒みたいな」

「そう。傍から見れば悲劇だが、本人からすれば喜劇でしかない。俺たちは、そうやって毎日動画を作っている」

瞬間、胸がドキッと爪弾いた。喉の奥が渇いていき、背筋がゾクリとする。それは恐怖ではなく、真相に触れたときのような高揚にも似た震え——

目尻に溜まった涙をそっと拭った。

「凪、ありがとう！　なんか元気出た！」

晴はうれしくなって笑顔を向けると、凪は小さくうなずいた。

６

収録部屋にひとりきりで練習する時間が続く。夢中で詞（ことば）を紡いでいく。納得がいくまで何度でもやると気合を入れてみるものの、喉を潰しては元も子もない。そろそろ枯れてきたと思ったころ、時計を見遣ればすでに二十時を回っていた。門限の十九時をとっくに過ぎている。

「うわっ、やっちゃった」

晴は急いでスマートフォンを見た。陽色からのトークメッセージが何件か、その上、母や姉から怒涛の連絡が来ている。自分でもわかるくらい血の気が引き、慌てて部屋を出ると、ちょうど飲み物を取りに行っていた凪と階段で鉢合わせた。

「どうした？」

「門限忘れてた！」

あたふたしながら言うと、凪は呆(あき)れた顔を見せた。

「アホ。さっさと帰れ」

「言われなくても帰ります！　じゃあね！　お疲れ様！」

バタバタと家を飛び出し、バス停まで全速力で走る。

――やばい、やばい、やばい……！

すぐに電話を入れるが、こういうときに限って母の電話が繋がらない。天音の番号に切り替える。

「もしもし、お姉ちゃ……」

『あんた、今何時だと思ってんのっ！』

天音の声が鋭く耳をつんざいた。つい足を止める。

「ごめん、ちょっと用事があって……」

『用事って何？　こんな時間までやる用事、あんたにあるの？　こっちがどれだけ心配したかわかってんの⁉』

ひっきりなしに怒鳴り声を散らす天音に圧倒され、晴は何も言えなくなった。

『とにかく、さっさと帰ってきなさい』

「はい……」

ちょうどよくバスが通りかかり、ふらつく足のまま乗り込んだ。口の中が渇いていき、胸がざわざわとさざめく。自宅最寄りのバス停までたどり着き、重たい足取りで暗い道を歩くと、具合まで悪くなりそうだ。

　そうして自宅の玄関が見え、晴はぎゅっと覚悟の拳を握った。友達と勉強していたら遅くなった、そう言おうと決める。

「ただいま……」

　おそるおそる玄関を開けるも、誰も出迎えには来なかった。静かなリビングの向こうが苛立ちで充満しているのがわかる。そっとリビングをのぞくと、天音と母がソファに座ってこちらを見た。

「おかえり。もう、心配させないでよ、晴」

　母が疲れた声で言った。眉間にしわを寄せた母の顔には安堵と不満がつまっている。一方、天音は太ももに置いたノートパソコンに目を向けて黙っていた。

「ごめんなさい。友達と勉強してたらこんな時間に……」

「友達ねぇ」

　天音が嫌味たらしく言う。不審に思い、晴は天音が見ているパソコンの画面をのぞいた。

「なんで、それ……！」

　それは晴のもので、画面には日青のアカウントが映っている。思わずスクールバッグを落とし、ソファになだれ込んでパソコンを奪う。すると天音が残念そうに言った。

「あんた、こんなことやって遊んでるんでしょ」

　パソコンを守ったところで、もう遅い。アカウントがバレてしまった。それだけで怒りが沸点に達する。

「なんでこんなことするの？　いくら家族だからって、こんなことやっていいわけないじゃん！」

「あんたの行動全部が怪しいからよ。この前だって、変な友達とつるんでたでしょ。あれ、同級生じゃないよね。ＳＮＳで繋がった友達とか、そういうのでしょ」

「違う！」

　怒鳴りつけても、天音には響かなかった。一方、母は脇でじっと娘たちの様子を窺っており、晴は怒りの矛先を変える。

「お母さんも、お姉ちゃんのこのやり方、正しいって思ってんの？　おかしいでしょ！」

「でもね、天音の言うこともわかるわ。あなた、変な友達とか、変なことに関わってないでしょうね。今、怖いじゃない。ＳＮＳで勧誘されたり、事件に巻き込まれたり」

「だから、そういうのじゃない！」

「じゃあ、信用できるだけの証拠を出しなさいよ」

天音が鋭く言った。これではまるで尋問だ。そして、家族から自分は一切信用されていないということが浮き彫りになり、目の前が真っ暗になる。怒りのあまり言葉につまると、天音は「ほらね」と鼻で笑った。

「ていうか、あんなことやってて恥ずかしくないの？　声優とか目指してる？　あのねぇ、もう少し現実見なさいよ。あんたは昔から何やっても続かないし、人一倍頑張らないとダメなのよ」

天音の言葉ひとつひとつが胸に刺さり、反抗しようとしても力が出ない。

――自分のいいところも気持ち悪さも、子どもっぽさもイタさも全部さらけ出せ。

なぜか今、凪の言葉を思い出したが、どうすることもできなかった。

――凪、やっぱり無理だよ。

熱くなった目から涙が溢れる。それを見られるのも嫌になり、パソコンを置いて外へ飛び出した。むせ返るような夏の重たい熱気を受けながら全速力で走る。

いつの間にか蓮見家最寄りのバス停まで来ていた。息を切らし、街灯の下まで歩いてスマートフォンに触れる。

ここを真っ直ぐ歩けば、蓮見家がある。すぐに凪の顔が思い浮かび、なんとなく凪の電話番号を押してみた。

「……って、何してんの、わたし」

繋がらないうちに切ってしまう。自宅と蓮見家の中間地点にあるバス停にはベンチがあり、そこに座ってぼうっと考えた。

天音の言うことはいつだって正しい。現実を見て、勉強を頑張っていい大学に行くしかない。自分なんかが夢を見るのはおこがましい。凡人なのだから。

凪のような才能ある人がうらやましい。同じ年齢で同じ学校で同じクラスなのに、凪が遠い上の存在に思えて、自分の程度の低さを思い知らされる。

そのとき、スマートフォンが通知音を鳴らした。

【どうした？】

トークメッセージを送ってきたのは凪だった。あの電話を不審に思ったらしく、そっけない問いがある。今は、それがありがたい。

【日青のアカウントが家族にバレた】

【だから、家出した】

【帰りたくない】

返事も待たずに文章を連投し、ため息をつく。

【今、どこにいる？】

すかさず返ってきた凪のメッセージに晴は悩んだ。取り繕うのも面倒なので、素直に現在地を打ち込む。既読の表示はついたものの、それきり返事はない。晴はスマートフォンを閉じ、重たい頭を抱えるようにうつむいた。

　芯太にも連絡を入れるべきだろうか。日青がバレただけであり『earth』のことはまだ知られていない。天音や母を説得する気力はないが、なんとかこのままバレずにいられないだろうか。

「ううん。もう無理だよ……やめるしか、ない……」

　言葉にするとまた涙が溢れる。

　――やめたくない！

　自分の好きなものが奪われるのは嫌だ。『earth』の一員になれて、自分に自信を持てるかもしれないと期待した。何より芯太やゆらぎ、凪と話すのが楽しかった。かけがえのない時間だった。新作動画のこともやっと掴みかけた。手放したくない。

　――やっと見つけた自分の居場所なのに……

「おい、晴」

　唐突にぶっきらぼうな声がし、ヒヤッとした冷たさが脳天を刺激した。

　顔を上げると、凪がアイスキャンディーを持って立っていた。虫が飛び交う蛍光灯の下で光るメガネは、いつになく冷ややかだ。

「凪……」

「バカやろう。こんな時間に、ひとりで出歩くな」

そう言って、未開封のアイスキャンディーを渡してくる。ソーダとオレンジ。

それを受け取ろうとは思えず、ただただ放心したように見つめるしかない。視界がだんだんぼやけていき、たまらず顔を覆って鼻をすすると、目の前に立つ凪の影がわずかにゆらいだ。

「食わねぇなら、俺が全部食うよ。いいのか？」

そう言う彼の声は若干おどけているようだった。下手に慰められるより、いつものように接してくれるほうがいい。晴はオレンジ味を渋々受け取る。

凪もソーダ味の包装を剥がし、しばらくふたりでアイスキャンディーを頬張る。熱が逃げ出すような容赦ない冷たい甘さが全身を癒してくれる。

「家族にバレたって、親？」

やがて、凪がマイペースに食べながら聞いてきた。晴はうつむき加減のまま答えた。

「親もだけど、主にお姉ちゃん。いつも上から頭ごなしに言ってくる……恥ずかしくないのかって」

「あはは。恥ずかしいって、俺たちの動画のこともディスってる？」

その茶化すような声に、晴は顔を上げた。

「ちがっ……あ、そう聞こえるよね……ごめん」

「別に気にしない。俺もよく言われてたから」

凪は諦めの声音で言う。

「嘘でしょ？　凪はあんなにすごい絵が描けるし、才能なんてないとか言うけど、やっぱりすごいじゃん。わたしなんかより、先を行ってて」

「だから、そんなんじゃないってば」

訝（いぶか）しむ晴に、凪は食い気味で言葉をかぶせた。苛立（いらだ）たしげにため息をつき、唇を噛んで唸（うな）ったかと思うと、小さく寂しげにつぶやく。

「俺もおまえと同じだよ」

「え……？」

「何やってもダメだなって言われてた。しかも、弟が優秀だからもっと地獄。ほぼ入院生活だったくせに成績いいし要領もいいし。それで比較されて、自分も比較して、どんどん弱る。そして唯一の好きなものも奪われそうになった」

晴はゴクリと唾を飲み、何か言おうと口を開く。しかし、何も言えなくなる。

彼は笑うが、その目はかげっており、とても悲しい色だ。同時に彼への劣等感がしぼんでいくような気がした。

「だから、そういうときは逃げるんだよ。言ったろ、あの家は今際（いまわ）の砦（とりで）だって」

「今際（いまわ）の砦（とりで）……芯太さんの家？」

鈍い頭で思考を回し、ようやく声を出すと凪は気を抜くようにうなずいた。

たしかに、芯太は『才能が潰されないように』と言っていた。凪が抱える問題がほんのわずかに垣間見られた今、その意味がよくわかってくる。

凪は溶けかけたアイスキャンディーを慌てて食べた。しばらくシャクシャクと音が鳴るだけでお互いに何も言わない。

ようやく沈黙を解いたのは、アイスキャンディーを食べ終えた凪だった。

「晴、この前、聞いたよな。どうやって絵を描いてるのかって」

彼は声を落としてゆっくりと言う。

「それ、俺も全然わかんなくて、考えてみたんだよ。俺はどうやって絵を描いているのか。どうして絵を描きたいのか……」

晴はゴクリと冷たい唾を飲んだ。静かに先を待つ。

対し、凪は迷うように唸った。言いたくないという空気を感じる。それでも凪は殻を破ろうとしていた。そして小さな息を吐いたあと、彼は押し殺すように言う。

「快は心臓が弱くて、いろいろ大変だった。そんなあいつとできるだけおとなしく静かに遊べるのが、絵を描くことだったんだよ」

凪は空を見上げながら言った。

冷静に話す彼の横顔を晴は息を止めて見つめた。彼の口から語られるものは、到底受け入れられるものではないような気がする。身がまえていると、凪もどう言ったものか考えているようにゆっくりと続ける。

「だから、それだけなんだ。快が喜ぶから絵を描くだけ。でもあいつは死んだ。楽しみを奪われて、絵を描くことまで奪われそうになったから……芯太兄ちゃんが助けてくれたんだ」

そう言うと、彼は自嘲気味に笑った。急に視線がぶつかり、沈黙してしまう。

「――それで、どうする？」

しばらくゆるやかな時間が続いたあと、凪が聞く。

「辞めるのかってこと。家族に反対されて、そのまま素直に言うこと聞くのか？」

「え……えっと……」

「辞めたきゃ辞めていいよ。俺から芯太兄ちゃんに言っとくから」

そう言うと凪はくるりと振り返って、ズボンのポケットに手を突っ込んだ。もと来た道へ踏み出し、投げやりに言う。

「辞めたくなきゃ、ついてくればいい。おまえが決めろ」

その言葉に顔を上げると、凪が光の向こうで立ち止まりこちらを見ていた。

ふと、家の方向を振り返ると真っ暗な道が続くだけだった。一方、凪が待つ道も暗い。この道を引き返して家族の言うことを聞くか、それを振り切って夢を追うか。

――おまえが決めろ。

彼の目が、なおも心の行き先を問う。

晴はおそるおそる前へ足を踏み出した。夢はひとりで追うわけではない。だったら、今だけは自分の味方のいる場所へ行きたい。

凪の背中を追いかけると、それを待っていたかのように、彼も前へ歩き出した。

いつもよりゆっくりと歩く凪にしばらく黙ったままついていくと、街灯のある通りに出る。温かい部屋の明かりが眩しい蓮見家の玄関をくぐると、芯太に出迎えられた。

「晴ちゃん、大丈夫？　……うわ、目が腫れちゃってる。すぐに水と冷やしタオル持ってくるから待ってて」

思ったより顔の調子が悪いようで、晴は恥ずかしさのあまりうつむく。凪に背中を押され、家の中に上がり込み、そのまま芯太の部屋に入った。

「椅子、どうぞ」

クローゼットにもたれかかって立つ凪にそう促されるまま、晴はいつものように椅子に座った。やがてノックの音がし、芯太が入ってきた。

「ハチミツレモン水。いっぱい飲むといいよ。タオルもどうぞ」

優しく言われ、晴は恐縮しながら受け取った。水をひと口含むと、ほんのり甘酸っぱい。それからは一気に飲んだ。渇いた喉が潤っていく。

「……実はね、ちょっと前に隅川さんから聞いてたんだよ。晴ちゃんがお姉さんと喧嘩してたって」

　芯太が遠慮がちに言う。

　知らないところで心配されていたことに情けないやら恥ずかしいやら、うれしさもあったがいろんな思いがないまぜになっていき、晴は申し訳なくなる。

「こいつの姉貴は視野が狭いんだよ。聞いてみりゃ横暴だし、話にならねぇ」

　凪が不機嫌そうに言った。そんな凪に晴はたまらず言った。

「……わたし、お姉ちゃんを嫌いになりたくないのに、嫌いになりそうで、怖い」

　すると、ふたりが息を呑むように口をつぐんだ。

「でも、お姉ちゃんが、わたしのことダメだって言うから。ダメだって決めつけるから、ほんとは反抗したくないのに、喧嘩しちゃうんです」

　熱っぽい瞼（まぶた）に冷やしタオルを当てて言う。口にすると、どんどん不満が募ってきた。

「そしたら勝手にパソコン見るし、アカウントもバレるし、現実見ろって言うし……もう、嫌だ。わたしの好きなものを否定するのは許せない。でも……」

　晴は言葉を切った。天音に言われたことと凪に言われたことが交互に押し寄せ、考えがまとまらない。

「わたしも中途半端で……強く言い返せなかった。家族にも友達にも、どこか後ろめたくて、自分の恥ずかしいところを、見せたくなくて。だから、いつも堂々と言い返せない。それが一番、嫌」

「日青」

そう呼ばれて顔を上げる。呼んだのは凪だった。

「おまえは日青って呼ぶなって言ったけど、それはなんで？ 恥ずかしいからか？ 家族にバカにされるから？ 友達に引かれるから？ そんな気持ちで動画投稿して楽しかったのか？」

「おい、凪」

芯太がたしなめるも、凪は晴しか見ていない。その真っ直ぐな視線に晴は動揺した。日青を隠し続けてきた本当の理由はなんだろう。もうひとりの自分である日青はひたすら顔を隠そうとしていた。屈折した心が邪魔をして不必要に怯（おび）えている。日青として動画を投稿してきた自分は限りなく純粋だったはずなのに。

「……好きなことを否定されるのが、怖いから」

たどたどしくゆっくり言うと、凪は気を抜くように、組んでいた腕を下ろした。

「あぁ。周りに否定されることほど怖いもんはないよな」

なんだか実感のこもった言い方だ。

「でもおまえの好きなことは、否定されてやめられるものか？」

問われて晴はハッとした。すぐさま首を横に振る。

すると、凪は芯太を見た。その思考を読むように、芯太もゆるりと笑う。

「自分の好きなものや気持ちは誰にも止められない。無論、家族であってもね」

晴はふたりに頭を下げた。

「ごめんなさい。お姉ちゃん、誰に対しても厳しくて。『earth』のこともバカにしてるように聞こえたら、ほんとに申し訳なくて」

「大丈夫。それならなおさら燃える。要は向こうを説き伏せればいいんだから。目には目をってね」

芯太は不敵に笑った。その笑顔の意味がわからない。

凪が聞く。その目は晴と同じく不審そうだった。

「どうするつもり？」

そのとき、タイミングを見計らったかのようにスマートフォンが鳴った。天音からだ。

「出て。大丈夫だから」

芯太の言葉に晴は戸惑いながら、無言のままスマートフォンを耳に押し当てた。

『今どこにいるの？』

すかさず天音の苛立（いらだ）った声がし、晴は首をすくめた。助けを求めるように芯太を見ると、彼は手のひらを出してきた。

「代わって」

「えっ、でも……」

「いいから」

言われるまま、晴はスマートフォンを差し出した。芯太はすぐにスピーカーモードに切り替えて話しだす。

「あー、もしもし。晴さんのお姉さんですか？　僕、蓮見って言います。晴さんの学校の先輩です」

堂々とした物言いに、晴は固唾(かたず)を呑んだ。

電話の向こうにいる天音が小さく「え？」と疑心を向けてくる。そんな彼女に応えるかのように、芯太はよどみなく言った。

「晴さんにはうちの弟と学校で仲良くしていただいててー。あ、知ってます？　僕の弟、動画配信者として活動してるんです。高二ですごくないですか？　で、仲がいい晴さんに声優をやってもらってまして。まぁ、平たく言えば部活みたいなもんです」

『はぁ……』

天音は拍子抜けしたように相づちを打った。芯太の息もつかせぬ口調についていけていない。一方、芯太はますます調子づく。

「聞けば姉妹喧嘩になったそうじゃないですかー。あ、お姉さんの心配もわかりますよ。僕も兄なんで。でも、妹を泣かせたらダメじゃないですか。お姉さんなんだから、むしろ守ってやってくださいよ」

『だって、妹が怪しい人と絡んでたらそりゃ怒るでしょ。うちのことに口出ししないでもらえます？　晴に代わってください。さっさと帰ってくるように言って――』

「待って。逃げないでください。だったら、晴さんのこと追いかけて引き止めればよかったじゃないですか。ただ心配だって一方的に怒っても伝わりませんよ」

芯太の言葉に、すかさず凪が「うわぁ」と暗い声を漏らした。晴も呆気に取られ、複雑な気持ちになっていく。

「晴さんの声、聞きましたよね。動画、見てくれたんでしょう？　わかってください。晴さんのお姉さんなんだから」

天音の行為は許せないが、やっぱりこうして家族が責められるのはつらい。晴は芯太の横に行き、画面に向かって声を落とした。

「お姉ちゃん……ごめん」

『晴』

「迷惑かけてごめん。でも、あんなことされたら嫌だよ。わたしの好きなことまでバカにしないで。お願いだから」

『別に、バカになんか……』

　電話の向こうで天音は言葉につまった。深いため息をつく。考えている様子が窺え、晴は少しだけ安心した。

『とにかく、早く帰っておいで。あと、えーっと、蓮見くん？』

「はい」

　芯太が応えると、天音は苦々しく言った。

『うちの妹になんかしたら、承知しないから』

　厳しい言葉に、芯太は笑いをこらえるように口元を押さえた。そして、震え声で「はい」と返事する。

「あ、動画見てくださいね。『earth』っていうアカウントです。それと、わかっているかとは思いますが、個人情報の扱いには十分ご注意ください」

　ちゃっかりアピールもしてさらに念押しすると、天音はおとなしく唸った。ブツンと通話が切られる。

　晴は芯太を見上げた。得意げな顔が目の前にある。

「お姉さん、晴ちゃんのことが好きなんだって、伝わった？」

　芯太はニコニコと言った。その笑顔ですべてを察する。

「まさか……それも見越して、わざわざスピーカーに……」

「当たり前じゃん。でないと、急に出てきた僕が本当に怪しいやつになるでしょ。半分だけ嘘をまぜたけども、結果いい感じに説得できたよねぇ。僕の演技力もなかなかじゃない？」

そうして彼は高らかに笑った。

「大丈夫だよ、晴ちゃん。お姉さんはわかってくれる。しかも、味方につけたらものすごく強力だよ」

「……はい、それじゃあ一件落着ってことで」

凪が締めるように言う。何やら不機嫌そうな顔のまま彼が部屋を出ていこうとするので、晴は慌ててその背中に声を投げた。

「凪！　ありがとう、ね」

一瞬立ち止まるも、彼は振り返らずにさっさと自分の部屋へ消えていった。

「芯太さん、ありがとうございます。迷惑かけてごめんなさい」

「ううん。いいんだよ。僕はプロデューサーだからね」

芯太はおどけるように胸を張る。それがおもしろくなり、晴はようやく笑った。

7

晴が帰ったあと、凪は自室で絵を描いていた。液晶タブレットの上で縦横無尽にペンを動かしているのに、過去の映像が脳内をよぎる。

幾度となく弟と比べられた。病気がちだったが、社交的だった快はみんなからかわいがられた。その横にいる自分はそっくりな顔立ちにもかかわらず、誰からもかわいがられなかった。芯太でさえ病弱な快につきっきりだったものだ。

『お兄ちゃんなんだから、もっとしっかりして』

『快を見習いなさい』

『そんなに絵ばかり描いて、なんになるの？』

絶え間なく言われ続けた言葉が胸を突き刺した。

勝手に比べられる。そうして、自分自身も誰かと比べるようになる。得意だった絵さえも、他の誰かと比べるようになれば、好きなように描けなくなった。

ペンを置いて音楽のボリュームを上げる。それでも心は落ち着かず、目を閉じた。

晴の涙を見た瞬間、なんと言葉をかけたらいいかわからなくなった。晴が昔の自分と重なって、余計なことまでしゃべってしまった。あんな話はするべきじゃなかったと後悔する。

――嫌いになりたくないのに、嫌いになりそうで、怖い。

彼女の気持ちは痛いほどよくわかる。

「没頭しろ」

そう自分に言い聞かせて、再びペンを走らせた。しかし、エンジンがうまくかからず、すぐに勢いをなくしてしまう。やがて、思うように手が動かなくなった。

明るい画面を見ていると、二年前の景色の中へ吸い込まれるような気がし、再び目を閉じた。暗い瞼の中、記憶の海に放り出されていく。とっくに振り切ったはずの過去が波のように押し寄せ、息ができない。

快が死んだあと、何にも手がつけられなくて部屋に引きこもっていた。それでも立ち直ろうと絵を描いていたら母に怒られた。紙を奪われた。それが、引き金だった。心の中の何かが切れたのだ。それまでなんとか繋ぎとめていた脆い糸が、いつの間にかちぎれていた。それからの記憶はあまりない。ただ、壊れた自分の元へ、芯太が足繁く通ってくれていたことは覚えている。

『頼むよ、凪……また絵を描いてくれよ』

その声が心底不愉快だった。大人たちは「描くな」と言うのに、一体何を言っているのだろう。自分を否定する家の中で逆らい続けることに、なんの意味があるのか。そう思っていた。

『凪はずっと絵を描いてて』

快が死ぬ間際、無責任に吐いた言葉を思い出す。

——じゃあ、紙を持ってこい。ペンでも筆でもなんでもいい。俺が死ぬまで、絵を描かせ続けろよ。死んでほしくないなら、それくらいできるだろ。

「……凪？」

急に肩を叩かれ、我に返る。ヘッドホンを取り上げられており、見上げると芯太がいた。

「大丈夫？　顔が真っ青だよ」

「え、うん……大丈夫に決まってるだろ」

強がって言うと、芯太は見透かしたようにため息をついた。その目には同情らしい曇った色がある。そんな顔を向けられては気まずくなってしまうので、奪われたヘッドホンを取り返した。画面にペンを走らせ、作業に没頭しようと意識を向ける。

しかし、無音のヘッドホン越しに言う芯太の声が聞こえてしまった。

「まだきついよな……あんなふうに言われたら、誰だってきつい」

わかったような口ぶりでそう慰められれば、余計にうっとうしさが増す。凪は芯太の手を払いのけた。

「だからって、あんなやり方するかよ」

「あんなやり方？」

芯太が眉をひそめる。その困った顔が余計に苛立ちを募らせ、凪は鼻を鳴らした。

「晴の姉貴に言ったやつ。ほんと、嫌な言い方するよな」

「え？　何それ。僕は晴ちゃんのお姉さんの間違いを指摘しただけだよ。嫌な言い方なんてしたつもりはないけど――」

凪は傍（かたわ）らにあったスマートフォンを開き、音楽アプリを再生させた。芯太の話を遮り、作業へ没頭する。しばらくして、芯太が不満げに部屋を出ていくのを背中で感じた。

「……卑怯だろ、あんな言い方」

凪はたまらずつぶやいた。

晴の姉はたしかに厳しい。しかし、妹を心配してのことだ。それもよくわかる。だからこそ芯太に言ってほしくなかった。

――お姉さんなんだから。

そう言われたほうは黙るしかない。

芯太のやり方が気に食わないのは、実家でのことを思い出したからだ。これも結局は自分の心が弱いせいで苛立（いらだ）っているだけに過ぎない。

――味方すべきは晴だ。ブレるな。

音楽を流しっぱなしのまま、天井を見上げた。

「没頭しろ」

呪文のように唱え、画面に目を向ける。だんだんと自分の世界へ潜り込めば、ようやく筆が乗ってきた。

8

翌日、晴は何事もなかったようにアフレコ練習に臨んだ。気持ちの整理はまだできていないが、何かに没頭していれば昨夜の最悪な気分が紛れるかもしれない。

結局、天音とはきちんと顔を合わせて話をしていない。昔からそうだ。些細（ささい）なきっかけで喧嘩に発展したあと、母に怒られてお互いに気まずくなり、しばらく口をきかずにいる。それは天音が二十一歳になり働き始めても、晴が高校二年生に上がっても変わることはない。

結論を保留にしてしまうことへの気持ち悪さはあるが、時間が解決することもある。晴は気持ちを切り替えるべく、明るく振る舞うことにした。収録部屋を出て、芯太の部屋へ行く。

「芯太さん、動画できました？」

彼は前髪をピンで留めて、一心不乱にパソコンと睨み合っていた。動画の尺を合わせるのが難しいというのは以前少しだけ聞いている。

「んー、まだかなぁ。どうして？」

芯太は気難しく腕を組んだ。

「動画を見ながら声を当ててみたいなって思って。気持ちを入れるために」

「うーん……そっか」

笑顔を浮かべつつも煮え切らない。完璧主義な彼のことだ。はぐらかされそうな気配を感じ、晴は前のめりに机を叩いた。

「未完成でいいんです。凪のイラストを見ながらやりたいから、お願いします！」

その勢いに、芯太の笑顔が固まる。晴を凝視して考えたあと、黙ったままパソコンのデータを操作する。おずおずと様子を窺っていると、突然、晴のバッグからスマートフォンの通知音が鳴った。

「今、データをそっちに送ったから、それで練習やってみて」

芯太は疲労を浮かべながらも笑顔で言った。

「ありがとうございます！」

さっそくスマートフォンを取り出しデータをタップすると、無音声のイラスト動画が広がった。これを見ながら隣の収録部屋に戻る。

昨日見たものよりも前半部分に詞（ことば）が流れるようになっていた。今回は珍しく縦置きのテロップになっており、小さな明朝体の文字が一文字ずつ打ち込まれていく。

白の背景に文字だけが浮かび、それから画面は急に赤へ切り替わる。

鮮明な赤。赤。赤。文字が流れていく。それを目で追いかけていると、黒い影がキラキラとした宝石を飲み込んだ。その動きはカクカクとぎこちない。同じ映像が流れる。【食べて、食べて、はまっていく】と続き、今度は黒い影が緑色の液体を飲み干していった。

そして、影は下からその正体を現す。液体が満ちたとき、少年の顔が見えてくる。その笑みはとても不気味で、でも楽しげで、瞳孔を開いてさまよい歩く。【あぁ、空腹だ】のあとから動きが鈍くなった。そして、突然少年の頭が破裂し、蝶が飛び立つイラストへ差し替わる。そこから先は文字がない。

未完成だから当然だが、もどかしく感じた。

「……でも、流れはわかった」

晴は髪の毛をひとつに結んで気合を入れた。

【落第道楽者】とはきっと芯太や凪であり、自分にも当てはまる。道楽者でありたいと願いながら、だんだん深みにはまって抜け出せなくなっている。それが楽しくて仕方ない。生活も現実も忘れて非現実(バーチャル)へ沈む。その様が「落第」と表現されている。最高の皮肉だ。

音が通らないマイクの前で晴は喉を整えた。いくつか低い声を出してみる。

脳内は白。しかし、鮮明な赤へ移り変わる。すると、主人公の少年が自分の声を通して言葉を吐くような感覚に襲われた。

食べる。好きなものを食べる。きれいな宝石――ほしくてたまらない。満腹でも足りない。欲張りだ。好きなもので満ちる。こんなにもたっぷり潤っているのに、喉が渇く。足りない。まだ足りない。

瞬間、動画と同じように水の中へ体が投げ出されるような気がした。怖い。でも、幸せだ。好きなものを見ていれば現実を忘れられる。嫌なものから目をそらせる。耳を塞げば自分の世界に浸れる。だから、現実に戻れなくなる。

喉が震えた。なぜか笑えた。主人公と同じように楽しくてたまらない。

傍から見れば滑稽な悲劇。しかし、そんなことはどうでもいい。今、これ以上なく高揚しているのだから――

「君はまだ、道楽者でいられるか？」

最後の詞が喉から出ていった瞬間、晴は莫大な疲労感を感じた。顎から汗が流れ落ちる。水から上がったように呼吸し、喉を押さえた。

誰かに憑依されたような感覚がまだ残っている。自分じゃない何か。それは、凪だろうか。だとしたら、彼に近づけたのだろうか。

「……いける」

確信めいた声が無意識に飛び出し、晴は枯れた声で笑った。

9

あの一件以来、晴の振り切った演技に驚かされ、芯太は上機嫌だった。

【落第道楽者】の再生数も伸び続けている。

ただ、あれきり凪とは気まずかった。なぜかはよくわからないが、こういうことはしょっちゅうだったので気にしないでおく。

その日、大学のキャンパスを歩く芯太は軽い足取りだった。講義を終えてすぐに教室を出ていく。そんな彼を追いかける人はいない。しかし、その日は違った。

「ねぇ、蓮見くん！　待って、ちょっと待って！」

蓮見という名字はひとりしかいないので、自分が呼ばれているのだとすぐにわかる。

煩わしく思いながら振り返ると、外ハネの髪型とバルーンスカートの女子生徒だった。すぐに笑顔を作る。

「隅川さん。どうしたの？　学校で話しかけてくるの、珍しいね」

「いやいや、蓮見くんが休みすぎてなかなか話しかけらんないから！」

ゆらぎは小声でたしなめた。それに対し、芯太は「あははー」と間延びした笑い声を上げる。

「別に学校でわざわざ話しかけてこなくてもいいのに。勝手にうちに来ればいいいし」

あえて壁を作るように言うと、ゆらぎは周囲を見回した。講義室から生徒たちの笑い声が聞こえてくる。廊下を行き交う人も芯太とゆらぎの様子に興味を持つことはない。

「蓮見くんって、作業部屋と学校とのキャラがとことん違うよねぇ……学校じゃ、とーってもクール」

「え？　うん……まぁ、遊ぶのも面倒だし、友達を作っても動画製作のために誘いを断らなきゃいけないのが申し訳ないし」

なんとなく言い訳を述べる。

同級生と親しく話すのは、ゆらぎくらいだ。

昔は友達と遅くまで騒いで遊んだり、部活の仲間や後輩を家に呼んだりしていたが、高校三年から大学の今まで動画製作に忙しくて周囲との付き合いをまともにしていない。

「で、何？」

「あっ、そうそう。そうだった。本題ね。これ、さすがにきつくない？」

ゆらぎが神妙に言う。スマートフォンの画面を目の前に掲げられれば、たちまち感情が無へと変わった。

【この声、気持ち悪い】

そこにあったのは『earth』の動画に書き込まれた、短くも殺傷能力の高いコメントだった。ゆらぎがスクリーンショットを撮ったものらしい。

「……まぁ、ほら。こういうことしてたら、アンチなんて珍しくないから」

喉が絞められるような息苦しさを感じるが、取り繕うように言った。余計にこの現状を否定しようと無意識に笑う。

するとゆらぎが顔をムッとさせた。

「でも、これを晴ちゃんが見たら……もう見てたりして」

「どうだろうね。見てたとしても大丈夫じゃない？　昨日なんて、すごくやる気出してたし、練習で録った声もよかった。僕らが信じていれば大丈夫だよ」

彼女は凪みたいに脆くはない。それに、本物の地獄を知らないからまだ使い道はある。経験が豊富だと妙にこだわりがあって逆に使いづらい。それを口にすることは絶対にないだろうが、いつか晴も気がつく日が来るだろう。

そう自分の中では完結していても、ゆらぎがなおも食い下がる。

「でも、晴ちゃんがこういう強い言葉に慣れてなかったら守らないと……！」

「うん。だから僕らが騒がなければ、それでいい。こんなのどうってことはない。こんなことを、わざわざ教えるようなお節介はするべきじゃない」

芯太は唇に指を押し当てた。

ゆらぎが顔を強張らせる。何も言えなくなった彼女に、芯太は意識してにっこりと微笑(ほほえ)んだ。

「それじゃ、また」

芯太はざわめき立つ廊下を大股で歩いていき、人混みの中へ隠れた。

第四章　見えない夢、なんてない

1

晴は『earth』の最新作である【落第道楽者】を視聴しながら学校に向かった。練習のときよりももっと力強く、楽しんでいる声に少しだけ恥ずかしくなる。

晴の声を聞いてから、芯太は少しだけ動画を再編集していた。【落第道楽者】の音を繰り返す箇所に、文字で画面を埋め尽くすという加工が施されている。

「コメントも再生回数も過去一だし、すごいなぁ……これ、ランキングも上がっちゃうんじゃないかな」

今回の【落第道楽者】は初投稿時からすでに声を吹き込んでいる。それが功を奏したのか、更新日からすでに今まで以上の再生回数を記録した。なんだか緊張して変な汗まで吹き出してきたので、すぐに画面を閉じる。

バスを降りて学校までの道を行くと、向かいの道から自転車に乗る陽色の姿が見えた。

「おはよー、晴」

「おはよう、陽色」

陽色が近くまで来て、自転車を降りる。彼女は晴の顔をのぞき込んで首をかしげた。

「どしたの？　なんか汗ばんでる。大丈夫？」

「うん！　大丈夫。ほら、もう梅雨でジメジメだからさぁ、暑くて暑くて」

額に浮かんだ汗を腕で拭うと、陽色は首をかしげた。

「いや、バスのほうが快適じゃん」

「たしかに……あははは」

いつものように笑ってごまかし、成績の話や夏期講習のこと、隣のクラスの男子の話などを始める。昇降口で靴を履き替えたそのとき、スマートフォンの通知が鳴る。

「ん？　晴の？　なんか鳴ってる。何々？　彼氏？」

陽色が冷やかしたっぷりに言う。晴はスマートフォンを出しながら慌てて返した。

「そんなのいないから！」

芯太だろうか。それともゆらぎか。しかし、そのどちらでもなかった。しばらく使っていなかったＳＮＳのひとつに、ダイレクトメッセージが届いている。知らないアカウントだった。

「そんなこと言っちゃってさぁ、最近、昼休みになったらどっか行くじゃん？　さては男のとこだなー？」

「違うってば！」

「そうやってムキになるとこが怪しい！　それに、最近の晴は変わったよ。なるほど、彼氏の影響だったのかぁ……あぁー、晴に先越されちゃったー」

陽色がわざとらしく大声で嘆くので、晴はムッとしたまま彼女を見つめた。すると、陽色は困ったような笑みを浮かべて、ポンと背中を叩いてくる。

「ま、いつか紹介してよね」

「うーん……違うのに……」

「照れるな照れるな。晴ってば、秘密主義だからこっちも気を使っちゃうよ」

そんなふうに思われていたとは知らず、晴は頬を引きつらせた。すかさず陽色がなだめるように笑う。

「いいよ。晴が言いたくなったら聞くからさ。ね？」

「……うん。ありがと、陽色」

それまでの彼女に対する劣等感が一気に砕け、同時に罪悪感が湧き上がる。

陽色は大事な友達だ。彼女のテンションに合わせるのが面倒だと思っていたこともあったが、救われることもある。

自分が日青であることを恥じる気はない。それがわかった今、彼女にも打ち明けてみようかと思った。しかし『earth』のことは秘密厳守だったことを思い出し、ごまかすしかないのがもどかしい。

　陽色の後ろを歩きながら、先ほどの通知を見る。

【初めまして、日青さん。あなた、『earth』の声をやってますよね？】

　その下につけられたＵＲＬは、晴がまだ『earth』に入る前に投稿していたアフレコ動画だった。すぐに画面を閉じ、ドキドキしながら自席につく。

　特定された。日青のアカウント自体は『earth』に入ってから一度も動かしていなかったので油断していた。なんと返事をすればいいのだろう。そもそも返事をするべきなのかどうかも判断できない。

　なんとなく助けを求めるようにチラリと凪の方を見ると、彼はいつものように机に突っ伏して眠っていた。

2

　授業中、全然集中できなかった。昼休みになって見てみると、また通知がいくつか入っている。そのどれもが知らないアカウントであり、フォロワーでもない。

【『earth』の声をやってる方ですか？】

【『earth』ですよね？】

【日青さんのファンになります！】

【フォローしました】

「どうなってるの……？」

いつの間にかSNSのフォロワーも増えている。中には疑心を向けてくるアカウントもいた。晴が投稿していた動画に視聴者がコメントを送り合って会話している。

【これほんとに『earth』？】

【なんか違う気がする】

【更新止まってるし、わかんない】

まさか直接コメントをもらうなんて思いもしなかった。とにかく凪と芯太に報告しなくては。そう思い立ち、晴は弁当も持たずに教室を出た。

「晴ー？　お弁当、食べようよー」

後ろから陽色の呼ぶ声がする。

「あ、ごめん！　わたし、今日は食欲ない！」

「えぇー？　んもう、晴ー！」

声が追いかけてきても振り返らずに走って逃げた。

バタバタと美術室に駆け込むと、教室の後方で大きな扇風機を回して涼む吉野先生がいた。両手を広げて仁王立ちしている。ぼうっと遠くを見つめているような背中が不気味で、その後ろを黙ったたますり抜けた。

準備室に忍び込む。すでに着いていた凪が菓子パンをかじっていた。

「あ、凪……あの……」

「今日は早かったな。飯食ったのか？」

彼にしては珍しく、のんびりとした口調で気遣ってくれる。これに面食らい、晴は挙動不審に目を泳がせた。先日の出来事が脳内を駆け巡っていき、恥ずかしさがこみ上げる。

「あ、うん……食欲がなくて」

「……ふーん」

凪はつまらなそうに目をそらすと、パックの紅茶を飲み、パンを胃袋へ押し流した。続かない会話に、若干安堵しながら彼の向かい側の椅子に座ると、突然、凪が何かを投げつけてきた。

「った！」

腕に当たり、驚いて声を上げる。投げてきたものが机の上を転がって、床へ落ちた。拾い上げるとそれは塩飴だった。顔を上げると凪は涼しい顔で言う。

「食欲ないなら、それ食っとけ」

「……あ、ありがと」

ぎこちなくお礼を言ってしまったが、凪は満足そうに鼻を鳴らした。

──心配してくれてるんだ。

不器用な優しさになんだかむず痒くなってしまう。晴はたまらず軽口を飛ばした。

「て言うか、よくこんなの持ってたね」

意外だったので聞くと、凪はプリントを広げながら答えた。

「俺も食欲ないときはそれで済ませるから……なんだよ、全然元気そうだな。心配して損した」

「そっか……じゃあ、遠慮なく」

晴は笑いながら塩飴の包装を剥がした。口の中に放り込む。

「んんっ……しょっぱっ」

なんとも言えない塩分を感じて手を震わせると、凪が噴き出した。

「梅干しみたいな顔になってんぞ」

「だって、しょっぱすぎ！　あーもう、見ないでよ、凪のバカ！」

「はぁ？　なんで俺が罵倒されるんだ……あぁ、ダメだ。死んじゃう。晴のせいでやる気がなくなった」

ショックを受けたように肩を落とす凪。晴は慌てて凪の顔をのぞき込み、取り繕った。

「ごめんごめん！　やる気出して、ね？　でないと夏休みも学校に来なくちゃいけなくなるよ。吉野先生とふたりきりなんて絶対嫌でしょ」

「嫌だ。無理。絶対無理」

自分の置かれている状況に気がついたのか、凪は頭を抱えた。なんとかなだめすかせば、凪は苦渋たっぷりの顔でプリントに立ち向かう。

「で、いつもより早く来た理由はなんだ？　あの竹村陽色をよく撒いてこられたな」

安心していたら、すかさず鋭い指摘が入り、晴は顔を強張らせた。どうやら鈍感な凪も教室内での晴の様子を熟知しているようで、決して無関心というわけではないようだ。晴は呆気に取られながらも、素直にスマートフォンを出して見せた。

「実は……わたしのアカウントにもコメントが来ました！」

スマートフォンの画面をずいっと向ける。凪は大きく仰け反ってメガネの位置を直した。SNSアカウントに届いたダイレクトメッセージの数に、両目をしばたたかせている。予想外だったのか言葉を失う凪に、晴は満面の笑みを見せた。

「ね、すごくない？　今日だけでフォロワーも増えちゃった。さすが、『earth』様だよ。まさか特定されちゃうとは思わなかったなぁ」

つい浮かれ調子になって言うと、凪は「ふーん」と素っ気なくプリントに目を落とした。

「ねぇ、凪。見てよ、これこれ。すごくない？　ねぇねぇ、見てってば！」

「あーもう、うるせぇ」

「どうせすぐ集中力なくなるんだから、ちょっとくらい話に付き合ってよ！」

「おまえが俺の集中力を削いでどうすんだよ！」

それはもっともなのだが、もう少し共感してくれてもいいだろうと思う。晴は頬を膨らませた。

「はいはい、すみませんでした。いいもん、芯太さんに褒めてもらうからー」

「ぜひそうしてくれ。あいつなら生ぬるく優しい言葉で褒めちぎってくれるだろ」

凪は冷たく言い、プリントの問題文に集中した。その間、晴は芯太に報告のメッセージを送る。

すると、予想通り素早く返事が返ってきた。

【それはファンだろうね。よかったじゃん！　おめでとう！】

穏やかな文言に、晴はホッと安堵した。その下にもメッセージは続いている。

【それにしても特定されてからの広まりようがすごいね……わかってるとは思うけど、変なやつの相手はしちゃダメだよ】

「変なやつ……？」

ピンと来ず、まばたきをしていると芯太のメッセージがまた届く。

【ひどい書き込みをする人がいたら必ず教えて】

その警告に、浮かれていた気持ちが一気にしぼんで急降下した。まぁ、そういうのもあるかと心の中でつぶやく。とりあえず芯太の許可を取るまでメッセージを送ってきたアカウントは放置することになった。

しかし、すぐにでも返事をしたいのが正直な気持ちだ。指がうずうずし、体はそわそわと落ち着かない。

そんな時間がしばらく続き、晴は凪の勉強を見るどころじゃなくなった。もっとも、凪はなぜか不機嫌で一切顔を上げようとはしないが。

とにかく今はフォロワーや新作を楽しみにしてくれている人たちのために気合を入れる。コメントが届くたびにすぐ見に行くほど気になってしまい、そのコメントを読むたびにやる気がみなぎってくる。ほとんどが応援のメッセージだった。中には【下手】だとか【つまんない】といった厳しいコメントもある。しかし、その言葉すら自分の肥やしになるような気がしている。

——もっと頑張らなくちゃ。

その日もいつもと同じように凪と一緒にバスに乗り、作業部屋までの道を行く。そのわずかな時間でも晴はスマートフォンの画面から離れられずにいた。車通りもない住宅街なので、つい歩きながらも画面に釘付けになる。その瞬間だった。

「おい、晴！」

突然、横を歩いていた凪が叫び、晴の腕を掴む。びっくりして顔を上げると、脇を自転車がすり抜けていった。スクールバッグが当たりそうになり、ふらっとよろける。凪の胸に寄りかかる形になり、晴は思わず彼の顔を見上げた。心臓がバクバクと激しく鳴り出し、慌てて離れる。これに凪は晴の腕を離し、怒ったように言った。

「気をつけろよ」

「ご、ごめん……」

思わず謝ると、凪は晴のスマートフォンを奪った。

「あっ！」

手を伸ばすも、凪は天高く掲げてそのまま早足で家へ行く。その後ろを晴も走って追いかけた。

「返してよ！」

「歩きスマホするおまえが悪い！　反省しろ！」

「反省してるから！」

「今日のアフレコが終わるまでダメだ！」

凪は頑固に言い張り、玄関チャイムを鳴らした。ズボンのポケットに晴のスマートフォンを滑り込ませる。

「ちょっと、凪！」

「おかえりー……って、君たちはまた喧嘩して帰ってきて」

出迎えた芯太が呆れたように言った。

「凪がスマホ返してくれないんです」

晴はむくれて言った。それを凪は無視して部屋へ上がっていく。

「おい、凪ー？」

芯太が声をかけるも、バタンと大きく扉の閉まる音が響いた。

「どうしたんだ、あいつは」

「わたしが歩きスマホしてたから取られて……でも、あそこまで怒らなくても」

芯太の言葉に晴は急いで説明した。すると、彼は「あらぁ」と晴を非難するように見た。

「そっか……隙を見て取り返したらいいよ。どうせ、作業中は何してもバレないし」

凪は作業に没頭するとすべてを忘れる。その隙に奪い返そうと決めて部屋に上がるも、凪は制服のまま作業を始めていた。晴のスマートフォンもポケットに入れっぱなしだ。絶対に返さないという気迫を感じる。

「……またあとで来まーす」

すぐに弱気になり、アフレコ練習が終わるまで取り返すのを諦めた。

3

新作【怒髪天を衝く】はストレートでわかりやすいテーマだ。

「これが表すのはズバリ『怒り』だね。【落第道楽者】が大成功だったから日青の情報解禁も兼ねて、この新作は晴ちゃんの地声で『怒り』をぶつけてほしいな」

芯太が台本を渡しながら言う。サラリととんでもないことを言われた気がし、危うく聞き逃しそうになった。

「え？　日青の情報解禁？」

「うん。フォロワーもついたしね、もう隠せるわけないじゃん。これからは堂々と『earth』であることを公表しよう」

その言葉に、晴は胸が熱くなった。天井に向かって拳を突き上げる。

「やっったぁぁ……！」

「あはは。ものすごい溜めるねー」

「だって、うれしいです！　あぁ、でもちょっと不安だなぁ。わたしなんかが堂々と『earth』を名乗っていいのか」

そうは言うものの、口元はずっとニヤけている。そんな晴を見て、芯太もうれしそうに笑った。

「ははは っ、いいに決まってるでしょ。晴ちゃんの活躍には僕らもかなり助けられたから。凪もね、あれでも最近は明るくなったんだよ。本当にありがとう」

温かい励ましの言葉に涙が出そうになる。晴は顔を覆って感情を抑えると、頬を叩いて切り替えた。収録ブースでウォーミングアップをする。髪の毛をひとつに結んでいると、芯太が思い出したように言った。

「そう言えば、今回の動画で僕らの活動も十回目になるんだ。『earth』の記念すべき十作目だよ」

「わぁ！　アニバーサリーですね！」

「うーん、ちょっと違うけど……まぁ、記念には違いない」

芯太はクスクス笑いながら収録ブースから出ていった。部屋にこもって編集作業をするのだろう。凪もラストスパートにかかっている。

「よし、頑張ろう！」

拳(こぶし)を突き上げて声を出す。そして、すぐに台本に目を落とした。


【怒髪天を衝く】

さぁ、心を叫べ。

言葉を作った者が嫌いだ。感情を生み出した者が嫌いだ。この世界の創造主が嫌いだ。

なんの意味があった？　どうして作った？　僕はなぜ生きている？

くだらない自問自答の繰り返し。掃いて捨てるほどいる善人たちの中に、僕の存在だけが気持ち悪い。

だが、それがどうした。

創造主よ、聞こえているか？　おまえの失敗作は、今も死にものぐるいで生きている。


「おぉ……怒りに満ちていらっしゃる」

前作よりもさらに過激な文言に思わずつぶやいた。そして、出だしのフレーズにすぐさま気がついた。これは【哀の衝動】でも出てきた「心を叫べ」と同じだ。その横には芯太からのメモが書かれていた。

「『哀』から来る『怒』であり、続編でもある……？」

【哀の衝動】を見ればできるかもしれない。そう確信し、晴はスマートフォンを出そうとスカートのポケットに手をやった。ない。

「凪……！」

やり場のない手を震わせ、ふつふつと怒りを湧かせる。なんだか今の状態でも練習ができそうだ。晴は大きく息を吸って、思い切り鬱憤をぶちまける。

「さぁっ、心を叫べ！」

部屋を震わせるほどの大声が飛び出し、隣の部屋からドスンと何かが落ちる音がした。慌てて芯太の部屋をのぞくと、彼は床に転げていた。

「びっくりした……こっちまで聞こえてきたから……」

「すみません！　凪への怒りを表現したら、ものすごい大声が出ちゃって」

苦々しく言うと、芯太は腹を抱えて笑った。

「そっか、そうだった。スマホ、まだ返ってこないんだ」

「はい。ズボンのポケットにあるので」

「わかった。僕が取り返してこよう」

意気揚々と踵を返す芯太。その頼もしい背中を見送った。

しかし、数分かかっても彼は部屋から出てこなかった。何やら問答をしているような気配がある。晴はたまらず凪の部屋をのぞいた。

「……あっ、晴ちゃん」

芯太が振り向いた。その顔面は蒼白だった。一方、凪は背を向けたままだった。

「どうしたんですか？」

近づいてみると、液晶タブレットの上に晴のスマートフォンが置かれていた。その画面に小さな傷が——

「落とした。ごめん」

凪がため息をついて振り返らずに言った。

「ええっ⁉　嘘でしょ⁉　人のものをなんだと思ってんの⁉」

「ごめん、晴ちゃん。本当にごめん。修理代出すから……」

しきりに芯太が謝る。どうも芯太が悪い方向なのかもしれない。凪が何も言わないので判断できないが、晴は一気にふたりへの疑心を抱いた。

「とにかく、返して」

苛立ち紛れに言い、スカートのポケットにしまうと鼻息荒く部屋から出た。

「今日はもう帰ります」

「あ、うん……ほんとにごめんね」

芯太が弱々しく言うので無下にできず会釈だけする。一方、凪はこちらを見ようともしない。

晴は急いで家を出てバス停へ向かった。信じられないことに、勝手に電源を落とされている。バスを待つ間、起動させた。

「もう！　凪のあの横暴さは許せない。ああいうとこさえなければ……」

モヤモヤとした思いを抱えて、いつもより早く家につく。ここ最近、門限ギリギリに帰宅しているので、誰かしら家にいたものだがまだ誰もいなかった。明るい時間帯なのに、ぽっかりと静かな家に寂しさを覚える。

晴は部屋に上がり、ベッドに飛び込んでスマートフォンを開いた。小さく飛ぶような傷が目障りで仕方ない。そのとき一件の通知が入った。

【日青さん、はじめまして】

また知らないアカウントからだ。返せないから通知をオフにしておく。

「こういうときは大声出そう！　練習だ！」

幸い今は誰もいない。晴は立ち上がって仁王立ちし、怒りを意識する。

「さぁ、心を叫べ」

またあの不思議な憑依を感じた。このままの勢いで詞をぶちまけ、次第に息が上がる。前へ前へと前のめりになり、早口になっていく。もっと噛み締めるように怒りを表現したい。しかし、感情が先走るから任せるしかない。

「あー、疲れた。はぁ……でも、ちょっとスッキリしたかも」

喉に疲れを感じ、晴は肩で息をしながらつぶやく。ゆらぎからもらったハチミツ喉飴の包装を剥がし、すぐに口へ放り込んだ。そのとき、ふと昼休みの凪を思い出した。

「少しは仲良くなったと思ったのに……また喧嘩しちゃった」

口の中に広がる甘みのおかげか、凪への怒りが消えていく。むしろ寂しささえ感じている。そう言えば今日は彼の作業を見ていない。

彼なりに気遣っていたような優しさはたしかにあった。内弁慶なのはあいかわらずだが、前のような壁は感じない。話も聞いてくれるし、しゃべってくれるようになった。

「あんなふうに不機嫌に言っちゃって、凪も気を悪くしたよね。芯太さんにも嫌な態度取ったし……はぁ」

晴はベッドに寝転び、天井を見上げた。

凪と接するようになってから感情を揺さぶられることが多くなり、怒ることも増えた。陽色の前や家の中でさえ気が抜けず、素の自分をさらけ出せなかったのに、凪の前では不思議と自然体でいられる。

思えば、彼と出逢っていろんなことがあった。凪だけでなく、晴も少しだけ以前とは変わったような気がする。それに陽色にも『変わった』と言われた。

「凪の影響……？」

最初は彼に憧れていた。でも今は違う。凪はどこか自分と境遇が似ていて共鳴するのだ。

「って近くで見ているからって、全部知った気になってるし。なんか、これじゃあわたしが凪のこと好きみたいな――」

そう言いかけて、舐めていた飴をうっかり飲み込みそうになり、驚いて起き上がる。なんとか舌の上に戻した飴をガリガリ噛み砕いて息を整えた。

「違う違う！　わたしは凪の絵が好きなの！　別に凪のことは……」

意識して人を好きになるという感覚はわからないが、他のクラスメイトよりも距離が近いことは確実だ。それを認めてしまうと顔が熱くなっていく。晴は枕に顔をうずめて足をばたつかせた。

「ないない！　絶対ない！」

しかし、口ではそう言っていても、頭の中は勝手に凪との出来事を思い出していく。自転車にひかれそうになったところをかばってくれた。天音と喧嘩して家を飛び出したときも駆けつけてくれた。あらゆる場面に凪がいる。

「うーん……」

枕から頭をずらすとマットレスに沈んだ。疲れが一気に体内を駆け巡り、目をつむる。しかし、うまく寝付けず、それからも悶々と自分の気持ちと戦っていた。

4

翌日。

「――あ、中崎」

移動教室から戻る間際、吉野先生とすれ違い声をかけられた。横にいた陽色も怪訝(けげん)そうに立ち止まる。

「今日、なんで美術室来なかったんだよ？」

何気なく問われ、晴はパクパク口を開けて周囲を見回した。

「え？　何々？」

陽色が興味津々に近づく。すると、吉野先生は困ったように眉をひそめた。晴の様子を見遣り「ふむ」と唸(うな)る。そして鋭く聞いてきた。

「さてはやつと喧嘩したな？　あいかわらず仲良しだなぁ」

誰かまで言わないのは吉野先生の気遣いだろうか。だが、晴の脳内はたちまち焦りと緊張と熱でパニックに陥る。顔を覆ってその場から逃げ出した。

「ちょっと、晴ー!?　吉野先生、あとでたっぷりいろいろ教えてくださーい！」

陽色は晴を後ろから追いかけながら、吉野先生に向かって叫んだ。そんなやり取りもかまわずに逃げる。

教室まで走って息も切れ切れに席へついた。すると、陽色も肩で息をしながら数分遅れでやってきた。

「はぁ……晴、足速すぎな……何があったの？」

「なんでもない……」

晴は机に突っ伏して言った。

「なんでもないことないでしょー。吉野先生、今まで見たことないくらいぼーっとした顔で晴を見てたよ」

「先生がぼーっとしてるのはいつものことじゃん」

「あー、うん、そうだけどさ。何があったかは知らないけど、悩みあるなら聞くよー？　まだ授業まで少し時間あるし」

ふわっと温かい手のひらが頭にのった。

悩みなら山ほどある。自分の気持ちがなんなのか、この際はっきり決めつけてほしい。晴は顔を上げずにボソボソと言った。

「あ、あのね……昨日からちょっと変なの。頭が熱くて、ぼーっとする」

「風邪？」

なかなかうまく伝わらない。仕方なく顔を上げるも、最小限の言葉しか出なかった。

「昨日、飴をくれたんだけどね。投げてよこしてきたの」

「うん？　うーん。それで？」

陽色がストンとしゃがみ、晴の近くで話を聞く。こんなに支離滅裂な言葉でも、彼女は耳を傾けてくれる。晴は早口で続けた。

「歩きスマホしてたら、めちゃくちゃ怒ってきて、自転車にひかれそうになったのを助けてくれたんだけど、スマホ取られたの」

「あら」

「ていうか、この前なんてわたしに話しかけようとして、でも話しかけられなくて。だからって、わざわざわたしの髪にゴミくっつけてさ、それで話しかけてきたの」

「えぇ……？」

ふいに陽色は何か思い当たったように顔をしかめた。

「晴、あのさ……」

陽色はそこまで言って口を閉じた。珍しく晴の顔色を窺い、じっと考えている。もう誰のことを言っているのかバレているだろう。

「ちょっと確認するけどさ、晴はその人にムカついてんの？」

陽色が苦笑混じりに言った。

「……ううん」

「嫌がらせされてるようにしか聞こえないんだけど」

「違うよ！　だって、だってね、優しいところもあるんだよ！　わたしがお姉ちゃんと喧嘩したとき、慰めてくれたし……！」

なんだか凪をかばうような言い方になり、声が小さくなっていく。すると、陽色は驚いて目を見開き、教室の隅へ顔を向けた。そこには凪がいて、彼はこの会話をつゆ知らず机に突っ伏して眠っている。

そのとき、廊下からクラスの女子たちが陽色を呼んだ。

「あ、陽色ー！　あのさー」

「ごめん、今ちょっと無理！」

陽色はきっぱりと返し、また晴に向き直る。一方、晴は考えすぎて重くなった頭をゆっくり上げてため息をついた。

「……わたし、騙されやすいのかも」

もう自分が何を言っているのかわからなくなり、晴は頭を抱えて言った。

「たったそれだけで頭から離れなくなるなんて……どうしよう。ねぇ、言ってることわかる？」

すがるように言うと、陽色はますます困惑し頼りなく眉を曲げる。しばらく唸って考え、彼女は苦笑して言った。

「ま、晴がそいつのことを好きなら、それでいいと思うよ。私は止めない」

「へ？」

「だってそんな顔真っ赤にしてさ、そいつが頭から離れないいんでしょ。もうそれは、好きなんだよ。自分の気持ちに素直になりなよ」

陽色はいたずらっぽく笑った。

「それに、こうして晴からいっぱい話してくれるの、初めてだからびっくりした……正直、なんてアドバイスしたらいいかわかんないわ」

陽色はなんだかうれしそうで、晴は恥ずかしいやら後ろめたいやらで黙り込んだ。

「いやぁ、よかったぁ。晴にもちゃんと乙女心があったのねぇ。動画ばかり追いかけてるから心配してたんだよ、私は」

陽色は晴れやかに笑うと、うつむく晴の頭を小突いて言った。

「いい？　無駄な劣等感は捨てろ！　晴はもっと自分に自信を持つべき！」

眩しい笑顔に気圧される。それはいつもの圧迫感ではなく、温かい激励に思えた。

始業のチャイムが鳴り、周囲が慌ただしくなる。陽色も時計を見遣って名残惜しそうに苦笑した。

「じゃあ、進展あったら教えてよ。私は晴を応援してるから！　頑張ってねぇ～、大変そうだけど～！」

「え、待って！　ちょっと、陽色！」

呼び止めるも、陽色は自分の席まで駆けていった。晴はその後ろ姿を呆然と見ながら、今しがた言われたことを整理すると、耳まで熱を持っていることに気がついた。

鏡を出して見れば火照った顔がこちらを見つめている。慌てて鏡を引き出しにしまい、机に顔を突っ伏した。

「起立」

日直の号令に慌てて立ち上がり礼をするも、なぜか凪の席へ目が向かう。こういうときに限って凪と目が合ってしまい、それだけでドキッと心臓が跳ねる。

そうして、意識すればするほど一緒にいるのが億劫になってきた。バスも時間をずらして乗り、遅れて作業部屋へ向かう。幸い凪は昨日の件から一切話しかけてこない。

「よし。動画に集中しなきゃ」

スマートフォンを開き、動画アプリをタップしようと指を動かすも、別のＳＮＳアプリに目がいった。今、タイムラインがどうなっているかわからない。おそるおそる開くと、案外大変なことにはなっていないようで一安心する。そう言えば、昨日きていたメッセージは読んでいなかった。どこの誰だかわからない初期設定のままのアイコンから来ていたダイレクトメッセージを興味本位で開いてみる。

【日青さん、はじめまして。ちょっとお話ししたいことがありまして、メッセージを送らせていただきました】

「はぁ……なんだろ」

晴は下へスクロールしていく。

【単刀直入にいいます。『earth』を辞めてください】

思わず息を止めた。急激に脳内が冷えていき、さっと血の気が引く。メッセージはまだ続いていた。ここで読むのをやめてしまえばいいのに、目は文字を追いかける。

【あなたの声が気持ち悪いです。『earth』を汚しています。はっきり言って迷惑です。なんの反応もないのも意味がわかりません。これだけ騒がれているのに、どうして黙っているんですか？】

一方的に責める言葉の数々に驚く。変な汗がじっとりとまとわりつく。

やがて車内アナウンスが響き、我に返る。すぐさまスマートフォンの電源を落とし、バッグの中へ放り込んだ。まだバス停についていないのに立ち上がってしまい、揺れながらドアの前へ立つ。

停車した瞬間に勢いよくドアから飛び出した。頭が真っ白のままで通い慣れた道を行く。気がついたときには玄関チャイムを連打していた。

5

「おかえりー」

出てきたのはゆらぎだった。太陽のような笑顔に出迎えられ、こちらとの温度差に驚く。反応ができずにその場で立ち尽くすと、ゆらぎの表情も固まった。

「晴ちゃん？　顔真っ青だよ？」

「え……あ、えっと……」

言葉につまる。すると、ゆらぎは晴の腕を引っ張って家の中へ入れた。

「何かあったの？」

「あ、あの……知らない人から、メッセージが来て」

玄関に座り込むと、急激に手が震えた。

「誰？　なんか嫌なこと言われた？」

ゆらぎが目の色を変えるが、すぐには答えられない。

「どうしたの？」

ちょうど芯太が階段を降りてきた。すぐさまゆらぎが口を開く。

「晴ちゃん、知らない人からメッセージ来たって」

「え？　あぁ、昨日からすごいよね」

「じゃなくて、嫌なこと言われたんでしょ」

ゆらぎが鋭く言い、芯太もたちまち顔を強張らせた。空気が重くなり、晴は慌てて靴を脱ぎながら言った。

「大丈夫です。よくある厳しめの意見というか、そういうのだったので」

「ちょっと見せてくれる？　どんなこと言われたの？　そんな真っ青な顔で取り繕ってもバレバレだからね」

芯太の冷静な口調に、晴はビクリと肩を震わせた。気丈に振る舞うことなんてできるはずもなく、仕方なくスマートフォンを開いた。届いたメッセージを見せる。

「何これ！」

ゆらぎが叫ぶ一方、芯太は眉をひそめて黙り込んだ。そんな彼を、ゆらぎは非難するように見つめる。

「ねぇ、やっぱりこんなの……」

「隅川さん、黙って」

ふたりの異様な空気を察知し、晴はおずおずと聞いた。

「……あの、ふたりは何か知ってるんですか？　知ってた、みたいな？」

すると、芯太が素早く言葉をかぶせるように言う。

「いや、そのアカウントは知らない。でも、そう言ってくる人は一定数いるんだ。防げない。向こうは自分の意見が正しいと思ってるから、攻撃しているという意識もないし、話し合うだけ無駄だよ」

彼もわずかにショックを受けているようで、表情に重たさがある。

「無視しよう。メッセージ機能に制限をつけて。大丈夫だよ。晴ちゃんを応援してくれている人のほうがたくさんいるんだから。でないと、これからやってけないよ」

「はい……」

よどみない口調に押し負け、晴はすべてをのみ込むように返事した。

もちろん、そうしたほうがいいとは理解できる。でも、そう簡単に納得がいかない。言われたほうはとても重く受け止めているというのに。

晴はメッセージを閉じた。ゆらぎを見ると、彼女はまだ何か言いたげだったが、その顔に強がりの笑顔を見せる。

「大丈夫。芯太さんの言う通りだし、これくらい受け流せないと『earth』を名乗る資格ないから」

「晴ちゃん……たくましいっ！」

ゆらぎの目がうるうると潤み、感極まったのか晴に抱きついた。

「もう、こんなに頑張ってる子に向かってひどすぎる！　あー、悔しい！　新作で見返そうっ、ね！」

「うん……頑張る！　ゆらぎさん、ありがとう！」

晴はゆらぎの背中を叩いて笑った。目の前で応援してくれる人がいる。それだけで十分頼もしい。熱い抱擁を交わしていると、芯太がクスクス笑いながら言った。

「よし、じゃあ気を取り直して練習しようか。凪のイラストがもうだいぶ上がってきたし、画を見ながら演ってみたらいいんじゃないかな？」

「はい！」

晴は勢い込んで言った。なんだか急激に燃えてくる。芯太とゆらぎのあとに続き、二階の作業部屋へ向かった。そのとき、芯太が「あっ」と思い出したように言った。

「このこと、凪には言わないでもらえるかな？」

「え？」

「ほら、あいつ……メンタル弱いから、そういうの見たら影響出ちゃうし」

芯太が小声で言う。晴は神妙にうなずいた。言われなくてもそうするつもりだった。

「ごめんね」

芯太がほっと安堵したように笑う。

「いえ。凪に何かあったら、それこそ『earth』がダメになっちゃうから、わかってます」

晴は気丈に言った。余計な心配はさせたくない。それに、今日は会わずに帰るつもりだったからちょうどよくもある。

そんな言い訳を脳内で完結させ、晴は収録部屋に入った。芯太が自分の部屋のパソコンを持ち出して調音スペースの椅子に座る。ゆらぎも当然のように横に座った。晴はアコーディオンカーテンから顔をのぞかせた。

「今日はこっちでやるんですか？」

「うん。あ、データ送ったから。未完成だけど、この前みたいに流れは掴めると思うし。練習頑張ってね」

「はい」

晴はスマートフォンを開いて、さっそくメールの画面に貼られた添付データをタップした。新作【怒髪天を衝く】が流れていく。無音のそれはイラストが切り貼りされただけのものだった。紙芝居のように流れていく一枚一枚を眺めていると、なんだか妙なプレッシャーを感じる。

普段は色彩豊かな凪のイラストだが、今回は最後までほぼモノクロだった。色というべきものは、粉々に砕けるガラスの破片くらいで、主人公を縁取った主線が角ばっており荒々しい。いつも使っているペンのサイズよりも太めだ。

傷ついて、自暴自棄になって物を壊していく少年。動画の後半、少年は拡声器を持って険しい顔つきで叫ぶ。その拡声器すら投げつけて画面を割るような演出があり、動画は壊れたように揺れて真っ黒になった。

「――どう？」

最後まで見終わったのを見計らって芯太が聞く。晴は顔を綻ばせながら顔を上げた。

「すごいです！　最高です！」

「まだ絵も完成してないし、尺も一分半に収めないとなんだけど……そう言ってもらえてよかった。安心だ」

芯太は満足そうに微笑むと、作業に戻っていく。晴も防音スペースに入って髪の毛をゴムで結び、たくさんメモを書き込んだ台本を手にした。

マイクの向こうに置かれた三段ボックスにスマートフォンを立てかける。小さな画面と台本を交互に見ながらチェックした。ブツブツと口の中で言葉をつなぎ合わせ、滑舌を確かめる。軽く口を動かして深呼吸する。そして、荒々しい輪郭を見つめながら声を出した。

「さぁ、心を叫べ」

地声を意識してみるも、自然と声は低くなる。

「言葉を作った者が嫌いだ。感情を生み出した者が嫌いだ。この世界の創造主が嫌いだ」

画面は頭を抱える主人公だけになる。何もない空間で彼は心を叫ぶ。

「なんの意味があった？　どうして作った？　僕はなぜ生きている？　くだらない自問自答の繰り返し」

目で文字を追って画面を見ながら、声を震わせ――

「掃いて捨てるほどいる善人たちの中に、僕の存在だけが、」

【気持ち悪い】

瞬間、脳内にあのメッセージがよぎった。

――そんなこと、いつも凪に言われてるじゃん。大丈夫。

頭を振り、雑念を消し飛ばす。咳払いをし、喉の調子を整えて息を深く吸った。

「掃いて捨てるほどいる善人たちの中に、僕の存在だけが、――――」

【気持ち悪い】

口は動いているのに声が出なかった。

晴は画面を見た。主人公の少年が笑っている。手を伸ばしてくる。なんだか目の前に彼がいるような気分になり、晴は後ずさった。

しかし、少年は容赦なく晴の口を塞ぐ。【気持ち悪い】と耳元でささやいてくる。そうして晴の声を掠め取っていき、クスクス笑って消える。そんな感覚に陥った。

頭を振ってイメージをかき消す。晴はもう一度、咳払いをした。喉を押さえ、声を振りしぼる。

「――――っ！」

出ない。出てこない。いくら叫んでも、声が出てこない。

次第に呼吸の仕方も忘れていき、頭の中はパニックになる。晴は床に突っ伏してうずくまって激しく咳き込んだ。

「晴ちゃん！」

頭の上でゆらぎの声が聞こえた。しかし、顔が上げられない。無理に咳を繰り返すと、胸まで痛くなる。涙が出てきた。

「晴ちゃん？　ねぇ、どうしちゃったの？　晴ちゃんってば！」

「落ち着いて。晴ちゃん、ゆっくり息をして。大丈夫だから」

芯太の声も聞こえてくる。

それでも目の前は真っ暗で何もわからない。背中をさすってもらっている感覚に気がつき、ゆっくり顔を上げてふたりを見た。

「――――（こえが）、――――（でない）」

口の動きだけで訴えると、芯太の目が大きく見開かれた。

「声が……出ない？」

「嘘、なんで？　どうしちゃったの？　風邪引いた、とか？」

「さっきまで普通に喋（しゃべ）ってたろ」

ゆらぎの驚きに芯太が苛立（いらだ）たしげに言う。そして、彼は晴が持っていた台本に目をやった。すべてを察知したように目を開く。

「休もう。温かいお茶でも飲んでさ……ね、そうしよう。待ってて。お茶の用意してくる」

台本を取って立ち上がると、彼は晴とゆらぎを手招きして部屋を出た。

部屋には無音で泣く晴と沈鬱な面持ちのゆらぎが残される。どれだけしゃくり上げても声が戻ってくる気配はなく、ゆらぎに支えられながら芯太の部屋へ向かった。声が出ないというだけでこうも恐怖心に駆られるなんて思いもせず、その事実を認識すればするほど今度は手が震えた。

――誰か、助けて……！

「お待たせ」

芯太は紅茶が入ったケトルとマグカップをみっつ持ってきた。机の上に置いてお茶を注ぐ。ほんのりと爽やかな柑橘の香りが広がった。

「はい」

芯太がマグカップを差し出す。たっぷり入った紅茶の湯気が喉を潤すようで、晴はしゃくり上げながらカップを取り、ひと口含んだ。息を吸い込みすぎて冷たくなった喉に熱い紅茶が沁みる。もうひと口飲むと、ようやく体の震えが治まってきた。

「……はぁ」

ほんのわずかだが、声も出てくる。

「もどっ、たぁ……っ」

「あーもう、びっくりした！　よかったよぉ」

ゆらぎがベッドになだれ込み、鼻声で言った。

芯太も椅子に座って安堵する。だが、すぐにうつむいてしまい、目元が前髪に隠れて見えなくなる。彼の握っている手は真っ白だ。怯えているようだが、それを悟られたくないのか、芯太はくるりと背を向けた。

「……今日は、もう帰ったほうがいいかもね。ゆっくり休もう」

彼の言葉に反論できず、晴もゆらぎも静かに紅茶を飲み干した。

6

晴が帰ったあとも、芯太は机から一歩も動かなかった。

「蓮見くん、大丈夫？」

ゆらぎが声をかけてくるが返事ができない。頭を抱えたまま、ただぼうっと過去の記憶を巡らせている。あの地獄を思い出すと、どんどん嫌な考えが止まらなくなった。

「くそっ……うまくいかないなー」

つい乱暴な言葉が飛び出した。その怒りは常に自分に対するもの。晴のケアを怠った自分が悪い。防げると軽く考えていた自分の浅はかさに苛立つ。

昔からそうだ。自分がどの位置にいるのか認識せずに高いものばかりを見て、身の丈に合わないことを望む。次は、次こそは絶対にうまくいく。諦めなければ大丈夫。信じていれば必ず次へ進める——そう言い聞かせても、今まで失敗してきた自分が後ろから凶器を持って追いかけてくる。

そんなイメージが浮かんでいき、芯太はたまらず顔を上げた。蛍光灯を見つめていれば、暗い感情から逃げられるような気がした。

「どうしたの？」

部屋の戸から、凪がのっそりと顔を出した。

「その顔は、やっぱり悪いことが起きたっぽいな……晴になんかあった？」

鋭く問う凪に、ゆらぎがが目をしばたたかせた。

「え？　凪は晴ちゃんに嫌なコメントが来たこと知ってるの？」

ゆらぎの問いに凪はさっと青ざめた。もう隠し立ては不可能になり、芯太は脱力気味に返した。

「晴ちゃんが、つらそうだ」

「何があった？」

凪が唸るように聞く。芯太は凪の顔を見ずに、淡々と事実を説明した。

「練習しているときに、声が出なくなった。ある一文が、晴ちゃんの心理的負担になったんだと思う。今はもう落ち着いたけど……台本をちょっと変えないとダメだな」

その瞬間、凪が荒々しく近づき、芯太の胸ぐらを掴んだ。今にでも殴りかかりそうな殺気だが、凪は凶暴に芯太を睨みつけただけだった。

「なんでそうなったんだよ……！」

怒りを込めて言う凪に、芯太は冷静に返した。

「よくあるやつだよ。きついコメントが来て、晴ちゃんが傷ついた」

「なんだよそれ！　だから昨日言っただろ！　あいつにコメントを見せるなって！」

晴のスマートフォンを取り返そうとしたときに、そんな話になった。

「おまえがちゃんとしてれば、こんなことにはならなかったんだ！　いつもいつも調子のいいこと言いやがって、後先考えずに突っ走って――」

「僕はちゃんとやってるよ」

芯太は立ち上がって、凪の手を掴んだ。隠していた感情がこみ上げてくる。

「いつも考えてるつもりだけど、僕だけでどうにかなる話か？　凪だって頑張ってくれなきゃ、晴ちゃんを守れないだろ。じゃあ、あの子を入れるときに強く反対したらよかったんじゃないか？」

「はぁ？　じゃあなんだ、俺のせいかよ。おまえが勝手に背負い込むのも、晴の声が出なくなったのも、全部俺のせいだって言うのかよ！」

芯太は言葉につまった。まただ。また感情に任せた失言が出てしまった。それに気づいたところでもう遅い。

凪は身を翻し、芯太から距離を取った。ベッド脇に縮こまるゆらぎに目を向ける。

「ゆらぎ、晴の家、知ってる？」

「……あ、はい。知ってます」

気圧（けお）されたのか、ゆらぎはかしこまって返した。そして、あわあわとスマートフォンで地図アプリを開く。

「この辺」

「わかった」

そう言って凪は芯太の部屋を出た。そのあとをゆらぎが慌てて追いかける。

「ほんとにわかったのー？　ついていこうかー？　って、行っちゃった……」

まさか凪が晴のためにここまで怒るとは思わず、芯太は呆気に取られた。気だるい体をベッドに沈め、枕に顔をうずめる。

「……ふたりの喧嘩、初めて見たよ」

ゆらぎが気遣うように言う。それがまた心にダメージを与え、芯太は視線を落としながら口を開いた。

「僕、ほんとに最悪だよね」

「え？」

「凪も言ってたし……。たしかにそうなんだよ。勝手に他人に期待して、勝手に自分の目標にすり替えて。感情的になると他人のせいにして……いつも、こうだ」

凪を助けるつもりが、自分が救われるように仕向けていたんだろう。

凪を守ることと、何かを成し遂げるチャンスを晴に期待した。今、晴が壊れてしまったら、自分は責任を感じて動画製作を辞める。その責任とやらもいつしか彼女のせいにしていくのだろう。そう思いながら芯太は自嘲気味に笑った。

「情けないな……何かになりたくて、でも何にもなれない……その考え方もダメなんだってわかってるけど。けどさ、僕は凪や晴ちゃんみたいな才能は持ってないから」

つい嫉妬の言葉が漏れ、芯太は口をつぐんだ。

動画製作をする時間は自分が救われる心地いい世界だった。そんな自分の裏側に気づいてしまえば、心がどんどん悪いもので満たされていく。凪は変わろうと努力したのに、自分は二年前と何も変わらない。そんな自分に嫌気が差した。

「……もう、やめようかな」

ゆらぎに聞こえないように、そっとつぶやいた。

＊＊＊

凪は晴の家に向かう途中、晴を加入させる直前のことを脳内に巡らせていた。

あのとき、凪と芯太はわずかに衝突していた。

【憧憬(しょうけい)】が、思ったより再生回数があまり伸びず、フォロワーが増えた代償か、アンチコメントが増えたこともあって芯太はへこんでいた。

【なんか、この前のと同じ】

【動画っていうより紙芝居みたいな（笑）】

【新作に期待】

【意味わかんない】

　芯太の部屋でふたりしてうなだれる。

『……大丈夫だよ。こんなの普通だって』

　取り繕って言う芯太の声は不機嫌な色を帯びていたので、凪は不安になった。

　最初の投稿から一年経過し、作った【憧憬（しょうけい）】は『earth』の第七作目となる。このころには液晶タブレットで毎日絵を描くようになり、食欲も増え、学校にも通えるようになっていたのだが、ショックでしばらく何も手につかなかった。必死に練り上げた動画へのコメントはどれも否定的に見えてしまい、絵への情熱が急激に冷めていく。

『……もうやめよう』

　思わず投げやりに言うと、芯太が目を見開いた。

『やめるって、動画を？　それとも絵を？』

『どっちも。なんか、バカらしくなってきた』

『でも前回よりはフォロワーも増えたし……こんなのなんともないって。大丈夫だから。次で挽回しよう』

芯太が意地になって言う。その必死さが虚しく思え、つい心にもないことを言った。

『別に、俺は動画なんてどうでもいい』

『どうでもいい？　おまえが絵を描かせろって言ったんだぞ』

空気に亀裂が入る。芯太から責めるような目を向けられ、凪は怯んだ。

『それは……』

壊れた心を取り戻そうと奔走してくれた芯太のことを思うと、軽々しい発言だったかもしれない。

しかし、彼との創作活動に方向性のズレを感じていた。みんなの期待に応えたいという気持ちは同じでも凪はマイペースで、芯太はストイック。彼のペースについていくのが大変で、要望に応えているように感じ始めたのは【憧憬】の製作からだった。

『凪のためにここまで用意してきたのに、どうでもいいんだ？　最初のころは楽しそうにしてたのに、ちょっと批判されたからって弱気になってさ』

芯太のきつい言葉が突き刺さり、凪も負けじと言い返した。

『俺に当たるなよ』

そう言うと、芯太はハッと我に返ったように小さく『ごめん』と返した。動画を一緒に作るようになったものの昔みたいな気安さはない。芯太が自分の感情を押し殺すようになったと、なんとなく感じた。

——俺のせいだろうな……

凪は逃げるように自室に向かった。絵を描く気力はなく、ベッドに転がって額の熱を腕で冷ます。しばらくそうしていたが、おもむろに机に置いていたスマートフォンを取った。

芯太がテコ入れしようと言って作ったハッシュタグの『earthアフレコ』をタップしてみる。有名動画配信者や声真似動画のアカウント、フォロワー数の少ないアカウントなど思い思いに声を吹き込んでくれているようで、行きづまったときに検索して見ていた。

指でスライドし、動画を見送っていくと、顔出しをしていない声だけのアカウントを見つけた。アイコンも初期設定のままだ。怪訝に思いながら再生して聞く。

『現実が無為な時間ならば、この世界は無重力だ』

【憧憬】の冒頭。『earth』の力作にして不人気の動画を使ってくれている。第一声はまるで泣くような声だった。しかし、次の詞の色が変わる。思わずアカウント名に目を向けた。

——日青……？

耳に残る感情のこもった声が心地よくて何度も聞く。どんなに精度のいい音質やクオリティの高い声より、荒削りで未完成な声になぜか惹かれる。思い入れのある動画を使ってくれていることもあるのか、その声の主に興味が湧いた。

その日青が自分のクラスメイトで、自分の前に現れた。だから拒むことができなかった。こうなることが予想できたはずなのに、彼女の加入を強く反対しなかったのは、心のどこかで晴の声を求めていたからなのだろう。

信号待ちの中、凪は小さく舌打ちし、ため息交じりにつぶやいた。

「……ごめんな、晴」

赤から青へ変わる。ここを真っ直ぐ行けば晴の家だ。足を早め、もう何も考えずに晴の家へ向かった。

7

家に帰ってからも晴は抜け殻のようだった。

詞(ことば)を紡ごうとすればするほど、喉が凍りついていく感覚がなかなか忘れられない。黙ったまま家に上がり、黙ったまま部屋に行く。泣いて腫れた目が痛くて、ベッドに潜り込むと晴は喉を撫(な)でた。

「大丈夫……ほら、もうしゃべれるし、大丈夫。大丈夫」

そして、口の中でボソボソと詞(ことば)を紡ぐ。

「さぁ、心を叫べ――言葉を作った者が嫌いだ――感情を生み出した者が嫌いだ――この世界の創造主が嫌いだ」

　台本が手元にないから、うろ覚えのままゆっくりつぶやくも、どうしても同じところで引っかかる。

「僕の存在だけが――」

　顔もわからない、一度も話したことのない人から向けられた言葉が深く刻み込まれている。

　――こういうとき、どうしたらいいんだろう……

「晴ー？」

　思考を掻い潜るように、ドアの向こうから天音の声が聞こえた。

「いないのー？　って、いるじゃん。ご飯できたよって、さっきから呼んでるのに」

　ベッドに近づくような気配を感じたが、晴は顔を出さずに黙っていた。すると、天音はベッドに座り込んだ。

「食べないの？　具合悪い？　風邪でも引いたの？」

　そう言って布団を剥がしてくる。咄嗟に顔を背けると、天音は晴の頭を手のひらで触った。

「ちょっと熱っぽくない？　大丈夫？」

今は何も話したくない。それでも天音は気持ちを察してくれず、しつこく様子を窺ってきたので、渋々応えた。

「……大丈夫」

「そんな枯れた声で『大丈夫』なんて言わないで。風邪なら風邪って素直に言いなさい。薬飲んでちゃんと寝て……ちょっと、聞いてんの？」

肩に手を置かれた。その手が意外と柔らかくて驚く。それでもなお、だんまりを決め込むと、天音はやけに明るく手を叩いた。

「わかった。蓮見だな。喧嘩したんだ？」

その問いに全力で首を横に振った。的外れなことを言う天音に苛立（いらだ）ちを覚える。いつもならすぐ出ていくのに今日に限ってしつこく絡んでくるのも、たまらなくムカつく。そんな妹の胸中など、どうでもいいらしい天音は脅すように言った。

「ねぇ、晴。あんたがやりたいことは多分、いばら道だよ」

「……」

「なんでつらい方向に突っ走るのかなぁ。率先して傷つかなくていいでしょ」

「……でも、お姉ちゃんは『頑張れ』って言う」

拗（す）ねた声になり、晴は口を塞いだ。これに天音は気まずそうに失笑した。

「あー……それは勉強のことだから。勉強はやってて損はないし、学歴には箔をつけとかないと。世の中どうなるかわかんないんだしさ」

　こんなときでも上から目線な天音に、晴は嘲笑する。天音は困惑したように言った。

「うーん。だからさぁ……なんて言えばいいかわかんないけど、とにかく、こういうときは素直に甘えなさい。妹なんだから」

　頭を軽く小突かれた。そして、黙ったまま部屋を出ていった。

「妹なんだからって、何様……」

　あの物言いがいちいち癪だ。しかし、いつの間にか恐怖心が和らいでいる。いつものように腹を立てると、少しだけ気持ちが楽になったように思えた。

　それでもまだ動きたくない。夕飯を抜こうかどうかノロノロと考える。そのとき、階下から母の声がした。

「晴ー、お客さん来たよー。星川くんって、同じクラスの子」

「え？」

　思わず飛び起きて部屋を出ると、階段を降りかけていた天音と目が合った。すぐに視線をそらし、脇をすり抜ける。

　玄関ドアの向こう側で気まずそうにうつむく凪の姿が見え、晴はすぐに駆け寄った。そして、後ろにいる母と姉を追い払う。顔を見合わせて笑い合うふたりを一瞥し、晴は外に出た。

凪も無言のまま道路まで出ていき、晴から距離を取る。いつもは蒸し暑い中でも涼しい顔をしている凪が、今は汗だくで空を見上げていた。なんと言えばいいのかわからず、仕方なく晴もつられて空を見る。湿っぽく流れの早い夜の雲が広がっていた。

「調子、どう？」

やがて、凪がためらいがちに聞いた。

「芯太兄ちゃんから聞いた。声が出なくなったって」

思わず喉を押さえると、凪は顔を強張らせた。

「いや、いい。無理にしゃべらなくていいから。ちょっと来い」

凪は穏やかに言った。

すでに日が暮れた二十時ごろ、凪の背中を視界に入れながら歩いていく。車もない道だが、律儀にふたりで信号を待つ。赤が青に変わった瞬間、凪は黙々と公園の中へ入っていった。ブランコと滑り台しかない小さな公園だ。

彼はブランコの前にある鉄柵に腰かけた。横に行くのは気が引けた晴は、ブランコに座る。

「なんで避けるんだよ」

凪がもどかしそうに言った。

「いつもはウザいくらい絡んでくるくせに。まぁ、いいけど……」

そんな凪も晴と目を合わせようとはせず、そのままの位置で話している。

「昨日、スマホ落としたのは――」

思わぬ出だしについ顔を上げる。凪がわずかに肩を上げて怯み、気まずそうに目を伏せた。

「昨日、おまえのスマホを落としたのは俺だ。芯太兄ちゃんが勝手にポケットから取ったから、そのときに落とした。スマホばっかり見てると、余計なものまで目につくからな」

晴はこくりとうなずいた。言葉の刃はすぐ目の前にあり、身に沁みて経験した。あんな思いはもうしたくない。

「『earth』も前はコメントが荒れたことあったし。ああいう作風だからさ。そういうのも、芯太兄ちゃんみたいに受け流せたらいいんだけど……俺は無理だった」

凪は悔しげにつぶやいた。

「そういうのもあって、俺はおまえの加入がちょっと嫌だった。でも、反論できなかった。日青のアカウント、実は前から知ってたから」

「……そう、なの？」

思わず前のめりになって聞くと、凪は両目をしばたたかせ、戸惑うようにうなずいた。

「でも、まさかクラスメイトだとは知らなかった。だって、おまえ、あんな不人気動画にアフレコしてただろ。どんな物好きかと思って」

　ぎこちなくボソボソと言う凪の表情を見ることはできない。晴もまた困惑し、なんと言ったらいいかわからなかった。しばらく互いに沈黙する。

　凪は咳払いし、ゆっくり息をついた。

「晴。おまえの声はもう『earth』になくてはならない存在だ。ファンもついてるし新作もあるし」

「うん……みんなの期待に応えなきゃね。困らせないように頑張る」

　口ではそう言える。強がって笑ってみると、凪は不満そうに顔を歪(ゆが)めた。

「そうじゃなくて！　頑張るな。自分の好きなものに負担をかけるな。頼むから、俺みたいになるな」

　それは懇願にも似ており、傷ついた心に沁みて唇を噛む。

　そのとき、凪は鉄柵から降りて一歩近づいてく。

「俺が、おまえの声が好きだから、なくなると困るんだよ」

　彼は頬を紅潮させ、必死な表情を浮かべている。

　その瞬間、晴の目尻から涙が落ちた。胸の内側が熱くなり、涙が止まらなくなる。嗚咽(おえつ)が飛び出し、次第に情けない声が漏れていく。

「晴……」

凪の声が近い。目の前に立ち、晴の頭に優しくて温かい手がのった。晴の声を受け止めようとしてくれる。

涙を流せば流すほど、喉の違和感も消えていき声を上げて泣く。そうすれば不思議と力が湧いてくるような気がし、自分を肯定したいと強く思った。

凪は自分のポケットを探った。しかし、何もなかったらしく、その場で固まってしまう。その一連の動きに、晴は思わず噴き出した。

「ハンカチなかったんだ」

言ってみると、凪は困ったように頭を掻く。安心したようにひと息つくと、彼は厳しく言った。

「その声、絶対に失くすなよ」

「うん、ありがとう……」

小さく笑いながら言うと、凪も小さく「うん」とうなずく。

それだけで、心が通ったように思う。凪は丸めた背中のまま空を見上げた。綿をちぎったような雲の隙間から星が見える。

「……ねぇ、凪。教えて。凪は、どうやって立ち直ったの？」

晴はブランコの鎖を握りしめて言った。凪はためらうように口を真一文字に結ぶ。

たっぷりと沈黙を守り、公園内はしばらく息を潜めるほどに静かだった。

「……快が言ったんだ。『凪はずっと絵を描いてて』って。それが、最期の言葉だった」

ぬるい風とともに、彼の弱々しい声が耳を通り抜けていく。

「そんな呪いをかけて、さっさと空に逝って……あいつ、全然優しくないんだよ。病気のくせに遊びたいからって平気で嘘つくし、芯太兄ちゃんにくっついて、俺を罠にはめようとするし。まぁ、俺がバカなだけだったんだけど」

わざとらしく恨めしげに言うが、次第に笑いが枯れていく。

きっと、これは凪にとって大事な記憶であり、嫌な記憶なのだろう。しかし、今の彼はその呪縛から解放されたかのようで、ゆるやかにあとを続けた。

「快が死んでからの生活はあんまり覚えてないんだ。ただ、しばらく家族とは口をきかなかった。だから、俺も好きに過ごしていた。でも、ある日、衝動的に窓から飛び降りようとした」

「え？」

思わぬ発言に空気が一気に冷えた。凪を見ると、彼は顔を強張らせて言った。

「正気じゃなかったんだ。二階から落ちても死なないだろうけどさ、なんかいろいろ嫌になって。快じゃなくて、俺が死ねばよかったのにって」

絶句した。言葉にならない。

その言葉を聞くと同時に、晴はなぜか脳内で『earth』の動画を思い出した。【憧憬】のイラスト――少年が窓から飛び出していく描写が急速に脳裏をよぎる。

しかし、漠然と思い浮かぶのは彼が描く絵の世界だった。もしかすると【憧憬】だけじゃなく、動画に描かれたあの絵は凪が見てきた現実の世界――

「俺だって、まだ立ち直れてないよ。でも絵を描いて動画を作って、なんとか生きてる。そういう感じで、何かにぶら下がって生きててもいいんだと思った」

それは確かめるような言い方だった。彼もまだ結論は出ていないのだろう。しかし、傷だらけになりながらも大きな壁を乗り越えて、この場に立っている。

晴はおもむろに立ち上がると鉄柵を乗り越え、公園の中心まで向かった。凪が目を丸くしてこちらを見る。そんな彼に向かって晴は声を放った。

「〝現実が無為な時間ならば、この世界は無重力だ〟」

脳に刷り込んだ詞が喉を伝って声となる。その感覚はやっぱり楽しい。

「〝知らぬうちに酸素を消費し、知らぬうちに酸欠に陥る〟」

紫色の世界を三日月の上から見つめる少年を思い出す。彼は空に憧れた。憧れて飛び出した。もう絶対に手が届かない人のもとへ行こうと手を伸ばしてもがいている。

「〝無数の星々を眺めながら、自分が尊いものだと錯覚して……〟」

晴は空に向かって手を伸ばした。

「〝満足そうに死んでいく君が、いまだに僕のすべてを占めている〟」

きっと、空の上から快も見ているに違いない。

だから叫ぶ。凪が今まで隠してきた心を叫ぶ。

「〝あぁ、憧憬よ。さっさと消えろ〟」

少し息が枯れ、声が消えそうになる。晴はあえぐように最後の詞を空に放った。

「〝僕がまだ正気でいられるうちに〟」

【憧憬】に綴られた詞をすべて諳んじると、いつの間にか心がスッキリ晴れていく。

呼吸が乱れ、熱にうかされて、それでも快感に満ちていた。

「すげぇ……よく覚えてるな」

凪が呆気に取られたように言った。そして何がおもしろかったのか、顔をうつむけてクスクス笑い出す。晴はすぐに駆け寄り、凪のシャツを引っ張った。

「なんで笑うの？」

「だって、いつもの晴に戻った。もう大丈夫そうだな」

「うん。もう、絶対に逃げないから」

真っ直ぐに凪を見ると、彼もまた涼しげに晴を見た。

同じ痛みを分け合って、静かに共鳴する。

雲間からのぞく小さな星のまたたきは、凪が描いた通りの幻想的な世界のように思えた。

8

『――凪、遊びに行こっか』

病室のベッドで快が言った。小学三年生の夏休みはほとんど病院で過ごしており、凪も毎日、快のベッドの横で絵を描いていた。今は母が席を外しており、ふたりきりだ。

『どこに？』

スケッチブックから顔を上げて聞くと、快はニヤリと笑った。

『探検に行こう。あっちの山にきれいな川があるらしいよ。ねぇ、行こうよ。行こう行こう行こう』

『ベッドから抜け出したら看護師さんに怒られるし、お母さんも鬼のように怒るからやだ』

『大丈夫。ぼくは怒られないし、怒られるのは凪だけ』

ふざけて言っているのはわかる。しかし、こういうときに怒ると快が拗ねて口をきいてくれなくなるのもわかっていた。そう思ったら余計に口が重くなる。

そんな凪にかまわず、快は無邪気に笑って足をバタつかせた。

『遊ぼうよー。芯太兄ちゃんもサッカー練習で来られないしさぁ、つまんないよー。つまんなすぎて死ぬー』

布団が飛び、スケッチブックの上に落ちる。下書きしていた最中だったので、鉛筆がぐしゃりと変な方向へ滑っていった。

『うわあぁーっ！』

『凪、声大きい！』

『だって、快が布団をバサーッってするから……！』

慌てて声を抑えて布団を押しやる。すると、快は気まずそうに苦笑した。

『ごめん……紙、破れてない？』

そう言って、快はスケッチブックをさっと取り上げた。凪もベッドに上がり、様子を見る。そしてふたり同時に『あっ』と言った。

『破れてる……』

『破れてる……ほんとにごめん』

こういうとき、快は素直に謝ってくれる。いつもはお菓子を持ってこいだの、遊びに連れて行けだの、おもちゃや文房具を壊しても謝りもしないなど、王様のように振る舞うのだが、凪が大事にしているスケッチブックだけは快も同じように大切にしてるいるようだった。だから、凪も強く怒れない。

『いいよ。大丈夫だから』

そう言ってページを破ってベッドに放る。それを快が拾い上げた。

『これ、あっちの山にある川？』

気を取り直すように快が聞いてくる。首をかしげると、快は窓際まで身を乗り出し、外を指差した。

『ほら、あっち。三角の鉄塔が見えるでしょ。なんかね、あの辺に霊園があるらしいんだけど、そこへ行く途中にある川がすごくきれいなんだって』

小高い山の中に位置するこの病院からさらに奥へ続く緑が見える。凪は苦々しく眉をひそめた。

『霊園って、お墓のこと？』

『うん』

快はあっさりとうなずく。凪はなんだか気が重くなり、しゅんとうなだれた。今日は元気だが、発作が出た瞬間の快を思い出すと恐怖で身がすくんでしまう。しかし、そんな兄のことなどどうでもいいらしい快はのほほんと続けた。

『仲良しのおばあちゃんが、そっちにいるんだ。この前、急に亡くなって』

『……』

『死んだら、あそこのお墓に入りたいって言っててさ。とてもきれいな川があって、夏はホタルも来るんだって。自然もたっぷりで、カワセミも見られるって』

『カワセミ……？』

思わず惹かれ、凪は顔を上げた。

『凪、カワセミも描いて』

快が無邪気に言う。無理難題なオーダーだ。凪は顔をしかめながら返した。

『見ないとわかんないよ』

『でも、川は見なくても描けてるじゃん。だったらカワセミも描けるって』

『……そのうちね』

そう言ってしばらく保留にし、結局見せてやれなかったことを思い出す。

晴と別れたあと、凪は動画のイラスト製作をしていた。天井をぼんやりと見て、その流れで時計に目をやる。二十二時。

快のことを思い出してから集中力が続かず、一時間おきに時計を見ている。椅子から立つと、足元に置いていた額入りの絵画がガタンと音を立てて倒れた。

去年、コンクールで入賞した作品が手元に戻ってきたのにすっかり忘れていた。拾い上げて、ベッドに置く。快にせがまれたカワセミをようやく描くことができたのに、まだ見せられていないことに気がつく。

「はぁー……」

凪はスマートフォンを取った。先日届いた母親からのメッセージを開く。

そっけなく返事をしたきりで、会話はすでに済んでいるのだが——なんとなく電話をかけてみる。何度かコールが流れたあと、ためらうように母が電話に出た。

『もしもし』

「あ、母さん？　凪だけど」

反射的に自分の名前を言うのは、昔からの癖が抜けないせいだ。

『どうしたの？』

「あのさ……今度の法事、友達連れてってもいい？」

『えっ？』

「芯太兄ちゃんの他に、あとふたりくらい。まだ確認してないけど、ひとりは確実に来させる」

『えー……うーん、そうなの……？　そっかぁ』

母は困ったように声を伸ばした。その声がわずかに明るさを帯びる。思ったよりも話しやすく、凪も照れくさくなって小さく笑う。

「快に会わせたいんだ。あと、見せたいものもあるから」

『そ、それなら仕方ないかな……わかった。お父さんにも言っとくね』

咄嗟に出した声が上ずった。咳払いをして、少し黙る。引き止められた母も黙ったまま待つが、凪は言葉に迷った。

「あの、さ……母さん。そっちはどう?」

家を出ていってから、ろくに顔を合わせていないが今もまだ家に帰る勇気はない。それでも両親がどうしているか気になっている。母も気まずそうに返事を迷っていた。

『そうだね……ちょっとは落ち着いたかな。でも、まだ……うーん……』

「それは、俺を見ると快を思い出すから?」

『ごめんね……でも、凪のことをちゃんとわかってみようと頑張ってるのよ』

母はごまかしながら言った。お互いにまだ歩み寄るのが怖いから、今はまだこのままがいい。そんな雰囲気を感じ、凪はため息交じりに笑った。

「そう……じゃ、次の法事に」

『あ、凪』

切り上げようとすると、今度は母が慌てて引き止めて早口で聞いてきた。

『元気にしてる? ご飯は食べてる?』

凪は拍子抜けし、何も言えなかった。それでも母はあとを続ける。

『勉強は? 学校もちゃんと行けてるの? 楽しく、やれてる?』

「……うん」

短く答えると、母は電話の奥で安堵の息をついた。

『そっか。よかった』

「うん。じゃあね。もう遅いから寝る」

本当はまだ寝るつもりはないが、都合よく嘘をついてそそくさと電話を切る。

「よし」

小さくつぶやき、凪は足取り軽やかに部屋を出てキッチンへ向かった。

「あっ」

リビングを開けて思わず声が漏れる。そこには芯太がおり、冷蔵庫から麦茶を取っていた。芯太は肩を震わせてこちらを凝視する。

「そんなビビらなくてもいいだろ」

いつもの調子で言ってみると、芯太はわずかに微笑（ほほえ）んでグラスに麦茶を注いだ。そして、目を伏せたままかすれた声で言う。

「ごめん」

「なんで謝るんだよ。いつもの偉そうな態度はどうした？　まだ引きずってんの？」

茶化すように聞くも、芯太はグラスを持って凪の脇をすり抜けようとした。目元が暗い。それは動画製作で寝不足になっている顔よりもずっとやつれていて、かつての自分に重なって見えてしまう。そんな芯太の背中に向かって、凪は鋭く言った。

「いい加減にしろよ。おじさんもおばさんも心配してるし、ゆらぎもだ。それに、晴だって、おまえがそんなだと責任感じて顔出しづらくなる」

すると、芯太は足を止めた。何か言おうとしたのか、それでも彼は振り返ってくれない。凪はイライラと頭を掻いて言葉を待つ。

「……ごめんな、凪」

芯太は背を向けたままポツリと言った。そのままリビングを出ていく。

凪はひそめていた眉を平坦に戻した。苛立ちが急速にしぼんでいき、やるせなくなる。

——俺と晴はもう前を向くぞ。あとは芯太兄ちゃんが前を向く番だ。

閉じられたリビングのドアを見ながら、心の中で芯太へ語りかけた。

9

翌日、晴は学校を休んだ。目がパンパンに腫れ上がっていて、とても学校に行ける状態じゃない。こんなひどい顔をさらせば、陽色が黙っていないだろう。絶対に何かあったと妙な勘ぐりを働かせるに決まっている。

——まぁ、ほんとにそうなんだけども。

凪の過去を知った今、心の壁がなくなったように感じていた。

「凪だって、なくてはならない存在だよ……」

あのときは言えなかった言葉が自然と口をついて出てくる。

彼のつらさのすべてを理解したつもりではないが、動画や絵画をひと目見た瞬間から心を奪われていたのだ。だから、自分の知らない心の根っこの部分と繋がっている、そんなふうに考えて恥ずかしくなって笑う。

そのとき、スマートフォンが通知音を鳴らした。

「凪⁉」

驚いてスマートフォンを落としそうになる。しかし、彼のメッセージを見て、すぐに真顔になった。

【芯太兄ちゃんが部屋から出てこなくなった。助けて】

ストレートな救難メッセージに、晴は眉をひそめた。

「え？　どういうこと？」

【昨日、喧嘩したんだ。それきり、引きこもってやがる】

「なぜ……」

【おまえのことで言い合いになった。あいつ、多分、責任感じてる】

そのタイミングで、この会話に割り込むかのように、グループトークのほうから芯太のメッセージが送られてきた。

【詞を削ろう】

【そして、今回をもって『earth』は解散する】

【ごめん。もう、続ける自信がない】

立て続けに並んだ文言に、晴は青ざめた。自分のせいでまさかふたりの仲が険悪になったとは思わない。急いで凪に電話をかけると、しばらくして通話が繋がった。

『……はい』

「凪！　ねぇ、さっきのメッセージ見た⁉」

『あぁ……まさかそうなるとは思わなかったなぁ。想定外の展開。突然の打ち切り発表に困惑してるところだよ。あはは……』

「のんびり笑ってる場合⁉　『earth』、なくなっちゃうんだよ⁉」

『あいつ、いつもそうなんだよ。壁にぶち当たったら諦める。勝手なやつだよな』

凪は妙に軽々しい口調だった。電話だけだと彼の表情や心情が見えにくい。晴は苛立ち紛れに言った。

「凪はいいの？」

『はぁ？　いいわけねぇだろ。だから、おまえに助けを求めてる』

「そんな堂々と頼りない発言しないでよ……あーもう、芯太さんも芯太さんよ！」

晴は電話口に向けて声を張り上げた。すると凪が『うるせぇ』と小さく抗議した。それにかまわず晴は天井を見上げて、どうやったら『earth』の解散を止められるか考える。しかし、すぐには思い浮かばない。

『死ぬまで、絵を描かせ続けろ』

「え？」

思考を掻い潜るように電話の向こうで凪が言った。

『俺がそう言ったんだ。だから、あいつは動画を作ってる。俺が窓から飛び降りようとしたときに言ったことをずっと気にしてたんだろうなーって、それを今、急に思い出した』

晴は返事に困った。思考を巡らせる。

凪が絵を描く理由は快のためだった。快に言われた最期の言葉が凪に呪いをかけたのだ。同時に、芯太にも同じような呪いがかかっているのだろうか。

仲がいい幼馴染みで、彼は快のことも大事にしていた。そのせいで凪を傷つけるような言葉をぶつけたこともあった。

芯太と凪は兄弟のようで、それはきっと快も同じ――

「……芯太さんはふたりのお兄ちゃんだからね」

『ん？　ふたり？』

「うん。凪と快くんのお兄ちゃんでしょ。それで背負っちゃうんだよ、きっと」

芯太の心がわかったような気がする。凪に対する嫉妬や劣等感を隠そうとするあまり、つい本音が爆発してしまったのだ。

晴の言葉に、凪も思うところがあったのか気まずそうに声を漏らした。

『そうかもなぁ。芯太兄ちゃん、快が死んでからは遊びに行かなくなったし、俺にばかりかまうようになってさ。妙に兄貴面してくるし』

「そうなんだ……それで、動画ばかりで学校にも行かないんだね」

凪は乾いた笑い声を上げた。椅子が軋む音がし、どうやら彼も部屋にいるらしいことがわかる。

このままでは芯太がダメになってしまう。そんな気がし、晴は思考を回した。

「星川凪、星川快……『earth』って、星のことでしょ。芯太さんがつけたんじゃないの?」

『え? よくわかったな』

思いつきを口にしたら、凪が驚いた声を返した。

『earth』の動画は、凪はもちろん芯太も主人公だ。ふたりの血が通った作品で、詞はすべて芯太が組み立てて台本にしている。

「みんななくてはならない存在で、みんなで『earth』。それをなくすわけにいかない」

考えながら晴はスクールバッグに入れていた台本を手に取った。

新作【怒髪天を衝く】は完成間近だ。この動画は劣等感や嫉妬を振り払い、哀しみも乗り越えた先にある決意表明なのだと思う。だから、動画の主人公は物を壊す。そして自分の殻を破っていく。

それに「怒り」は自分を守るための大きな原動力となる。何かに「怒れる」ということは未来に希望を持っているという証拠でもある。

晴は喉を撫でた。

大事な声を奪われそうになり、怖かった。もうあんな思いはしたくない。だったら、やはり怒るべきだ。

『もう晴が完全復活したって見せつけるしかなくない？』

凪が投げやりに言う。考えることをやめたような言い草に、晴はすぐさま噛み付いた。

「なんでわたしに丸投げしちゃうのよ。それに、こんな不完全な詞じゃダメだよ。『earth』らしくない」

芯太が提案してきた詞の変更は、ざっくりと雑に削除されたようにいびつなものだった。削除された箇所と、持っていた台本を見比べる。

――あ、そうだ。

晴はペン立てからシャープペンを取り、台本に詞をしたためた。

「凪。今、画像を送るから見てみて。芯太さんが勝手に辞めるって言うならさ、こっちも勝手にいじっちゃおうよ」

すぐに写真を撮って、凪とのトーク画面に貼り付ける。

『うわっ、これはまた直球だなぁ』

「ダメ？」

『いや、いいと思う。これを、あのアホに投げつけてやろうぜ。どうせなら、このまま次のアフレコまで秘密にしてさ』

凪が笑いながら言う。その企みに、晴も愉快になって一緒に笑った。

10

その日の夕方、ゆらぎも呼び出していつもの時間に蓮見家へ向かった。

「本当にいいの？」

半ば押し入るような形で入った防音スペースで、芯太が気まずそうに晴を見る。

「うるせぇな、晴がいいって言ってんだから、さっさとアフレコやるぞ」

すかさず凪が横暴に言い、晴も力強くうなずいた。

「大丈夫です！　やりましょう！」

すると、芯太は渋々といった様子で承諾した。いつものようにスタンバイする。

『それじゃあ、晴ちゃん。準備はいい？』

芯太の声がヘッドホン越しに聞こえる。晴はコクリとうなずいた。

防音スペースは少し蒸れる。じっとりとこめかみが汗ばむような感覚がしつつ、視線は完成した動画に釘付けだった。無音で流れていく【怒髪天を衝く】はよりクリアな透明感を放っていた。白の中にある小さな色彩のコントラストが美しい。それを目に焼き付けたあと、台本に目を落とす。

『それじゃあ……よーい、スタート』

本番の合図に、晴は神経を研ぎ澄ました。

「さぁ、心を叫べ」

言葉を作った者が嫌いだ。感情を生み出した者が嫌いだ。この世界の創造主が嫌いだ。

なんの意味があった？　どうして作った？　僕はなぜ生きている？　くだらない自問自答の繰り返し。掃いて捨てるほどいる善人たちの中に、僕の存在だけが気持ち悪い。

だが、それがどうした――

少し切る。ゴクリと唾を飲み、晴はおもむろにガラスの向こうを見た。目を見開く芯太。その後ろに凪とゆらぎがいる。

――頑張れ。

真っ直ぐ真剣な目を向ける凪の口がそう動き、晴はうなずいた。そして、台本にはないアドリブを思い切り投げつける。

「僕の心は誰にも縛られない！　なぁ、そうだろ？」

瞬間、芯太が驚いたように仰け反った。その反応に晴は口角を上げたまま続ける。

「〝創造主よ、聞こえているか？　おまえの失敗作は、今も死にものぐるいで生きている〟」

声が天井に吸い込まれていき、しんと辺りが静まった。最後にかけては少し力が抜けた。怒りを表すには足りなかったかもしれない。

晴はおそるおそるふたりを見た。芯太も凪もその場で固まったままだ。ゆらぎはわなわなと手を震わせている。

「どうでした？」

晴はたまらずカーテンから顔をのぞかせた。途端にゆらぎが飛び込んでくる。

「晴ちゃん、すごい！　完全復活だーー！　すっごくよかったぁーっ！　やだ、もう私ったら泣きそう。て言うか、もう泣いてる。うわあぁぁぁん」

ゆらぎは情けなく顔をしぼませて涙ぐんだ。そんな彼女の背中をトントン叩き、晴はおずおずと芯太を見る。

「どうでしょうか」

聞くと、芯太は凪を見た。凪も芯太にアイコンタクトする。まるで視線だけで会話するようだ。

「……すごくよかったよ」

仕方なさそうに芯太が口を開く。

「でも、なんであんなアドリブを急に？　しかも削ったところそのままだったし、びっくりして頭が真っ白になったよ」

「そんなにびっくりしちゃいました？　あはははー」

「あははははーって、笑ってる場合じゃないんだけど。もしかして、台本に書き加えたの？」

「はい」

悪びれずいたずらっぽく言うと、芯太は悔しげに唇を舐めた。そして、笑いながら歯を食いしばる。怒りたいのに怒れない、そんな複雑そうな顔をして脱力した。

「はぁ……まったく、勝手なことするんだから……編集し直さなきゃじゃん。今日は早く寝られると思ったのに」

「え？　あ、ごめんなさい！　そこまで考えてなかった！」

芯太の恨むような声音に、晴は慌ててひざまずいた。目元を押さえる芯太の様子を窺うと、後ろから凪が近づき、芯太の頭をこつんと小突く。

「そんな言い方すんなよ。せっかく晴の声が戻ったんだから素直に喜べ」

それは普段とは違う気安さがあった。芯太もすぐに言い返す。

「別に悪いとは言ってない。むしろよかった……最高だった」

彼は顔を上げずに強く言った。目元を拭って鼻をすすっている。

晴はおずおずと引き下がり、凪を見た。すると、凪は小馬鹿にしたように芯太の肩を叩いた。

「そうかそうか。泣くほど感動したのかぁ。芯太兄ちゃんにも人の心があったのかぁ。いや、それがわかって俺も安心だなー」

「なんで棒読みなの」

凪に苦々しくツッコミを入れると、芯太がうつむいたまま噴き出して笑った。

「失礼な。僕だって人間だよ」

「俺はてっきりメフィスト・フェレスだと思ってたよ」

「何よ、それ」

すかさずゆらぎが眉をひそめて聞くと、凪は真顔で返した。

「誘惑の悪魔」

晴は盛大に噴き出した。そう言えば、最初のころにそんなことを言われた気がする。凪の真剣な顔も相まって、晴は床に突っ伏して笑い転げた。ゆらぎの笑い声も重なる。芯太も噴き出し、それから不機嫌そうに言った。

「人聞き悪いなぁ。こんなに優しくて過保護な僕になんて口のきき方だ。誰のおかげでここに住めると思ってるのかなぁ？」

「はい出た！　すぐそうやって脅す！　てめぇ、やっぱり悪魔だな！　さっさと冥界に帰れ！」

凪が指差して鋭く言った。この暴言に、芯太はゆらりと立ち上がった。

「よーし、わかった。冥界に帰る前におまえの利き腕をへし折ってやる。その腕よこせ、このやろう」

「あ、ごめんなさい、ごめんって。やめて、兄ちゃん！　ほんとごめん！」

芯太は笑顔のまま凪の腕を掴んで頭を押さえつけた。逃げようとする凪だが、あっという間に芯太の腕につかまって全身を固められる。

「あーもう、ごめんってば！　助けて、晴……もう無理、死ぬ死ぬ死ぬ」

「芯太さん、それだけじゃまだ凪は懲りませんよ。あと二分はこのままで」

「晴⁉　おまえ、裏切りやがったな……あ、兄ちゃん、ほんと無理です。ごめんなさい。もう言わないから許して！」

声が裏返る凪の情けない様子に、晴もゆらぎもニヤニヤが止まらなかった。芯太も真顔で凪を仕留めるので笑いが止まらない。

ようやく凪を解放したころ、芯太はスッキリと笑っていた。

「いやぁ、久しぶりにやったけど、凪ってば大したことないなー。全然成長してない」

床に横たわる凪は、いつになくどんよりと落ち込んでいた。メガネを外して悲しそうにうなだれる。

「どうせ俺はザコですから……」

「あー、はいはい。そう落ち込むな。おもしろかったんだから問題ないだろ」

「笑いものにされるのは嫌だ」

嘆くように言う凪だが、それもまたおもしろいので晴は笑いが止まらない。恨めしげに睨む凪がかわいそうになってきたので、晴は咳払いをして聞いてみた。

「凪、大丈夫？」

「裏切り者……おまえだけは信じてたのに」

「だって、いつも意地悪言うじゃん。その仕返し」

何も言えなくなった凪に、晴は若干の優越感を覚えた。悔しげに床を叩く凪だが、やがて肩を震わせて笑い出す。幼い子どものようにじゃれ合う凪と芯太の様子を見た晴はホッと安堵した。

「さて、休憩終わり」

唐突に芯太が言う。これに、ゆらぎがビクッと肩を震わせて凝視した。

「え、もう？」

「うん。晴ちゃん、もう一回録り直しだからね。最後の部分がダメ。気が抜けすぎ」

「うっ、なんか厳しい……」

「当たり前だよ。僕の台本を勝手にいじったんだから」

そう言いつつ、芯太はずっと笑っていた。どこか意地悪そうな笑顔だったので、晴もおどけながら「はあい」と間延びした声を返した。

「でも、あのアドリブはよかったよ。使わせてもらうから」

そして、彼は立ち上がる凪を見ながら小さくつぶやいた。

「ありがとう。なんか、いろいろ吹っ切れた」

そう言い、彼は晴の背中を押して防音スペースへ追い立てる。芯太はスリープモードに入ったパソコンの画面を開いた。その背中に晴はひっそり聞く。

「芯太さん、もう辞めるなんて、無責任なこと言いませんよね？」

素早く聞くと、彼は力なく笑った。

「……凪がもう大丈夫そうだからやめてもいいなって思ったんだ。それに、僕の問題なのに晴ちゃんを巻き込んで、嫌な思いさせてまで続けることに意味があるのかなって」

「そんなこと……」

「そんなことないんだよね。多分、まだ続けてもいいんだよね？」

晴の言葉にかぶせるように彼は穏やかに言う。そして、ガラスの向こうにいる凪とゆらぎを見遣った。

「実は、君たちが来る前に隅川さんから電話が来て、詞（ことば）を削ったことを怒られたんだ」

「え？」

晴もガラスの向こう側へ顔を向ける。凪を慰めるゆらぎの様子が窺える。

「凪も晴ちゃんも大丈夫だ、蓮見くんがそんなことでどうするんだって。でも、そんなすぐには立ち直れないから、無責任に解散宣言までして……本当にごめん」

そうして、彼はゆっくりとこちらを見た。曇りのない晴れやかな笑顔だった。

「凪を死なせないことと、プロデュースの仕事をすること、動画でバズること。それを目標に、これからも頑張っていこうかな」

スラスラと並べる芯太の声にはよどみがない。合間に挟まれた言葉だけが想定外で、晴は困惑した。

「えっと、動画でバズるって言うのは初耳です」

「あ、言ってなかったっけ。でも、この活動やってたら誰だって思うでしょ？　ということで、これからももっと数字上げていこうね、晴ちゃん」

　振り返る芯太の微笑(ほほえ)みがなんだか悪魔めいている。晴は口元を引きつらせた。

「はい……ガンバリマス」

＊＊＊

　収録が終わり、晴は流れるように凪の部屋へ向かった。凪はすでに机にかじりついて新作のイラストを描いている。あいかわらず天井高く積み上げられた資料や標本、写真、外国の絶景、有名アーティストのジグソーパズルまで色彩豊かだ。

　エアコンで冷えたベッドに腰かけ、晴はぼんやりと凪を見つめた。彼はヘッドホンをつけて作業に没頭している。

「ねぇ、凪ー」

　聞こえていない。

「テスト、どうだったー？　追試パスしたのー？　わたし、全然頼りなくてごめんね」

「……」

「夏休み、補習になったらわたしもついていってあげるからさ」

「……」

「夏祭りとか行きたいよねー。海もいいな。山もよさそう。カラオケにも行きたいなぁ。凪はタブレット持ち込みで作業しててもいいから。やっぱり生の風景を見るのも大事だと思うのよねー」

思いついたことをダラダラ並べるも、凪はこちらを振り向かなかった。コッコッとペンで画面を叩き、細かな模様を描き出す。さらにブレのない線を描いていく。

「はぁ……やっぱりすごいな」

雑に描いた水色の下書きの上に、彼はどんな世界を見ているのだろう。

「ねぇ、凪。この前、公園でわたしのことを心配してくれたとき、思ったんだ。いつになったら同じ景色が見られるんだろうって」

「……」

「でもね、わかったの。いつも自分に一線を引いてるからなんだろうってね。そんなだから、いつまで経っても心が晴れないんだって気がついた。だから、思い切って家族に言ってみたんだよ。声優になりたいって」

「……」

「そしたら、あっさりダメだって言われちゃったー！　でも、お姉ちゃんは味方してくれたんだよね。『じゃあ、本気でやるために学校行け』って背中押してくれたの」

「……」

「って、自惚れすぎだなぁ……専門学校だって入れるかどうかもわかんないし、それから先も狭き門っていうし。どこまで行っても、いばら道なんだよね」

「……」

「あと、陽色にも話そうと思うの。陽色ならわかってくれるはずだし、大丈夫だよね」

「……」

――ちょっとくらい聞いてくれたっていいじゃない。

あまりにも無言を貫く凪に、晴はむくれた。ないがしろにされている気になり、晴は膝を抱いてため息をついた。

「はぁーあ……凪に追いつけたら、好きって言ってもいいかなー？」

どうせ聞こえていないんだろう。そう思っていると、凪がため息をついた。

「それは、絵のこと？」

唐突に凪の声が返ってくる。驚いて顔を上げた。

「えっ？」

「え？」

「いや、こっちが『え？』なんですけど⁉」

凪のとぼけた様子に、晴は全力で叫んだ。

「待って待って、じゃあ何⁉　ずっと聞いてたの⁉」

「だから、おまえは油断しすぎなんだよ……ヘッドホンしてるからって、聞こえてないってわけじゃない」

「そりゃあ、たしかに何度もやられてますけど！　うわぁぁぁっ！　もうやだ……！」

頭がこんがらがり、恥ずかしさでパニックになる。バタバタと足を踏み鳴らしていると凪が冷静に言った。

「感情乱れすぎだろ」

「そりゃそうでしょ！　だって、わたし、今なんて言ったか……！」

思わず顔を上げて怒鳴ると、凪が目をそらした。その横顔がこころなしか赤い。

「き、聞こえてたよね？」

「……」

「無視は反則！」

「……だって、不可抗力だった。聞きたくて聞いたわけじゃない」

「それは嘘でしょ！　聞きたいから聞いてたんじゃん！」

食い気味に言うと凪は忌々しそうに舌打ちした。その態度が意味不明だ。晴はたまらず立ち上がって凪の顔をのぞき込んだ。

「凪ぃー？」

「うるさい、あっち行け、こっちを見るな」

「そういう逃げ方はずるいから！」

しかし、凪は絶対に目を合わせなかった。回り込んでも風見鶏のように顔をそらす。晴は諦めてベッドに戻った。どうにも居心地が悪く、熱が上がりそうになる。

そんな中、ようやく凪が咳払いした。

「……ほ、保留にして」

「保留⁉」

「だって、急にそんなこと言われても無理。準備できてない。おまえは俺を殺す気か」

「告白されたら死ぬの？」

「死ぬ。確実に死ぬ。人に好かれること知らないし……どうしたらいいか、わかんない」

凪は顔を背けたまま小さく消え入るように言った。晴は天井を見上げた。

「何よ。自分はわたしの声が好きって言っといて」

つい非難がましく言うと、凪は肩を震わせた。無言のままだが、耳が熱そうなくらい赤い。これ以上からかうと嫌われそうだ。晴は言いたいことをなんとかのみ込んで、気持ちを落ち着けた。

「わかった。待つよ。何年でも待つから」

「……」

「だから考えといてよ！　絶対だから！」

やっぱり恥ずかしくなって声を荒らげる。すると、凪がボソボソと返した。

「いや、おまえが声優になるのを待つのは俺だろ」

「……」

ぐうの音も出なかった。エアコンの唸り（うな）だけがやけに大きく聞こえ、そのおかげでいくらか冷静になってくる。

凪もゆるやかに画面へ戻った。彼もまた落ち着きを取り戻そうと、想像の世界へ潜っていく。何やらブツブツつぶやきはじめた。

「白……青……白……青」

作業していた画面を白いキャンバスに切り替え、彼は口ずさむように色を塗った。鮮やかさはない褪（あ）せた青に染まる。

「ひと筋の境界線を引いて」

真ん中を白い縦線で区切る。

「基本的に、ないものねだり」

「ん？　どういうこと？」

晴は思わず口を挟んだ。しかし、凪は答えずにそのままペンを走らせた。キャンバスの中心に適当な棒人間を描く。だんだんと少女の輪郭が浮かんできた。

「変化を拒む。けど、互いの色をほしがる。欲張りなやつら」

彼は不思議なフレーズを紡ぎながら絵を描く。

そう言えば、凪が下書きをするところを見たことがない。晴は口をつぐんで、じっとその様子に見入った。凪はペンを自由自在に動かす。

描いては消し、描いては消し。ひとつの丸を集中的にぐりぐりなぞる。

「心が混ざるとき、救われる」

やがて、不均衡な丸は半分だけ人の形を現した。白い線が重なっただけの半身の人。その上に白い雲を豪快に描く。そして薄く、周囲を削るように消していく。

「そうして、手に入れた幸せは……」

全体を上から一気に極太のペンで塗りつぶし、彼はひと息ついた。

「そこに、居続けてくれるんだろうか」

完了を意味するようにペンをトンと画面に置く。すると、今まで褪(あ)せていた色が一気に鮮やかな水色に変わった。晴れた空に昇る雲、その下に立つ人。半身だと思っていたのに、白と青で分かれたひとりの人間になっている。

「すごい、きれい……」

「ただの落書きだ」

凪はそっけなく言った。

「落書きって、何それ……すごいじゃん」

晴はため息をついた。白と青、二色だけの世界に見惚れる。しかし、凪はすぐに画面を元の作業スペースに切り替えた。

「あぁぁーっ！」

「うるさい」

「だって、さっきの絵、すごくきれいだったのに！　ただの落書きなら、わたしにちょうだいよ！　画像送って！」

「そのうちな」

凪は愉快そうに笑った。そしてヘッドホンをつける。こうなったらもう何を言っても無視されるのだろう。晴は肩を落としてベッドに座った。

――そのうち、ね。

晴の気持ちにかまわず、凪は軽快に手を動かし続ける。

線をはらう。丸を描く。いくつもの星々を散りばめていくようにガラスの上でペンを弾かせると、たちまち世界が広がる。

その世界に心がぐいぐい引き込まれていく。彼の心に共鳴する。そして、思いが胸の中でとめどなく溢れて、晴は強く思う。

――この世界が続く限り、わたしの声を届けていきたい。

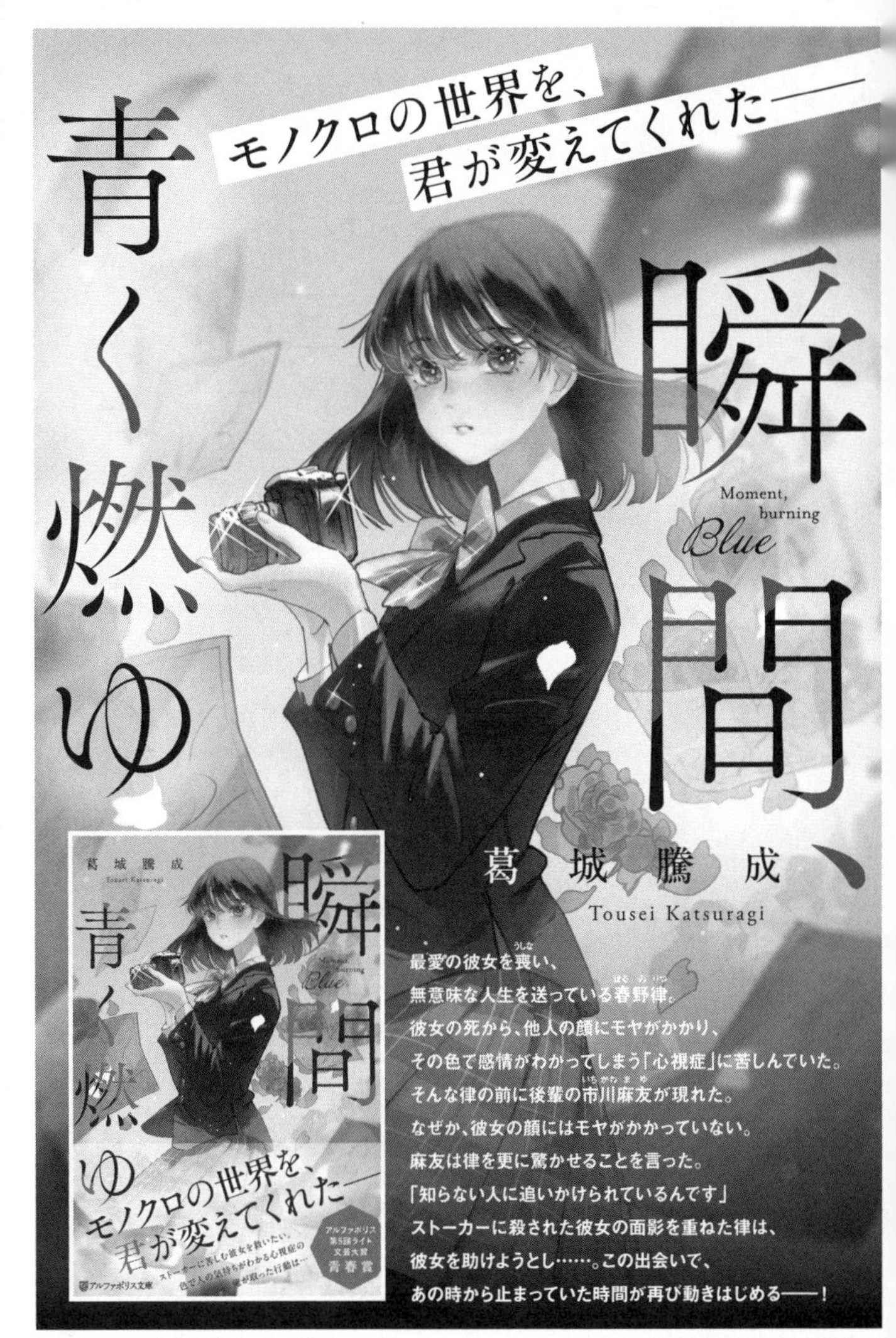

モノクロの世界を、
君が変えてくれた――
瞬間、青く燃ゆ
Moment, burning Blue
葛城騰成
Tousei Katsuragi
最愛の彼女を喪い、
無意味な人生を送っている春野律。
彼女の死から、他人の顔にモヤがかかり、
その色で感情がわかってしまう「心視症」に苦しんでいた。
そんな律の前に後輩の市川麻友が現れた。
なぜか、彼女の顔にはモヤがかかっていない。
麻友は律を更に驚かせることを言った。
「知らない人に追いかけられているんです」
ストーカーに殺された彼女の面影を重ねた律は、
彼女を助けようとし……。この出会いで、
あの時から止まっていた時間が再び動きはじめる――！

さよなら私のドッペルゲンガー
Goodbye my doppelganger
新田 漣
Ren Nitta
先輩、忘れないって約束してくれますか――？
ノリと勢いだけで生きていると評される俺、
高校生の墨染郁人。
ある日、俺の前に白谷凛と
名乗る美少女の幽霊が現れた。なんでも彼女は
ドッペルゲンガーに存在を奪われ死に至ったらしい。
不幸な最期を遂げた彼女は、
俺にある一つのお願いを口にする。
――なんとかなるでしょ、だって夏だし。
凛との約束を果たすため、俺は真夏の京都を駆け巡る。
さよならがくれた決して忘れられない青春小説！
新田 漣
さよなら私のドッペルゲンガー

アルファポリス
第3回ライト文芸大賞
青春賞
受賞作品

君のいちばんになれない私は

松藤かるり

この物語の中で、私は脇役にしかなれない

かつて将来を約束しあった、幼馴染の千歳と拓海。北海道の離島で暮らしていた二人だけれど、甲子園を目指す拓海は、本州の高校に進学してしまう。やがて三年が過ぎ、ようやく帰島した拓海。その隣には、「彼女」だという少女・華の姿があった。さらに華は、重い病にかかっているようで——すれ違う二人の、青くて不器用な純愛ストーリー。

◉定価：726円（10%税込）　◉ISBN:978-4-434-30748-5　◉Illustration：爽々

全てが砂になる前に、
もう一度だけきみに会いたい。

『砂状病』、あるいは『失踪病』。発症すると体が崩れて砂となり、消え去ってしまうこの奇妙な病気には、とある都市伝説があった。それは、『体が崩れてから24時間の間、生前と変わらない姿で好きな場所に行き、好きな人に会える』というもの。残された最後の24時間で、大切な人にもう一度出会い命を燃やした人々の、切なく優しい物語。

定価：726円（10％税込）　ISBN 978-4-434-29496-9

イラスト：中村至宏

この世界で僕だけが透明の色を知っている

糸鳥 四季乃
itou shikino

アルファポリス
第3回ライト文芸大賞
切ない別れ賞
受賞作品

どうか、消えないで——

**儚くも温かいラストが胸を刺す
珠玉の青春ストーリー**

桧山蓮はある日、幼なじみの茅部美晴が、教室の窓ガラスを割る場面を目撃する。驚いた蓮が声をかけると美晴は目に涙を浮かべて言った——私が見えるの？

彼女は、徐々に周りから認識されなくなる「透明病」を患っているらしい。蓮は美晴を救うため解決の糸口を探るが彼女の透明化は止まらない。絶望的な状況の中、蓮が出した答えとは……？

◉定価：726円（10%税込）　◉ISBN:978-4-434-28789-3

◉Illustration：さけハラス

この作品に対する皆様のご意見・ご感想をお待ちしております。

おハガキ・お手紙は以下の宛先にお送りください。

【宛先】

〒150-6019 東京都渋谷区恵比寿 4-20-3 恵比寿ｶﾞｰﾃﾞﾝﾌﾟﾚｲｽﾀﾜｰ 19F
(株) アルファポリス　書籍感想係

メールフォームでのご意見・ご感想は右のＱＲコードから、
あるいは以下のワードで検索をかけてください。

ご感想はこちらから

アルファポリス文庫

生きづらい君に叫ぶ1分半

小谷杏子（こたに きょうこ）

2024年5月31日初版発行

編　集ー境田 陽・森 順子
編集長ー倉持真理
発行者ー梶本雄介
発行所ー株式会社アルファポリス
〒150-6019 東京都渋谷区恵比寿4-20-3 恵比寿ｶﾞｰﾃﾞﾝﾌﾟﾚｲｽﾀﾜｰ19F
TEL 03-6277-1601（営業）　03-6277-1602（編集）
URL https://www.alphapolis.co.jp/
発売元ー株式会社星雲社（共同出版社・流通責任出版社）
〒112-0005 東京都文京区水道1-3-30
TEL 03-3868-3275
装丁イラストー萩森じあ
装丁デザインー徳重　甫＋ベイブリッジ・スタジオ
印刷ー中央精版印刷株式会社

価格はカバーに表示されてあります。

落丁乱丁の場合はアルファポリスまでご連絡ください。

送料は小社負担でお取り替えします。


ISBN978-4-434-33899-1 C0193